魂を半分喰われたら女神様に同情された?

BECAUSE I LOST THE HALF OF MY SOUL, A GODDESS SYMPATHIZED WITH ME.

目次

A GODDESS SYMPATHIZED WITH ME.

BECAUSE I LOST THE HALF OF MY SOUL

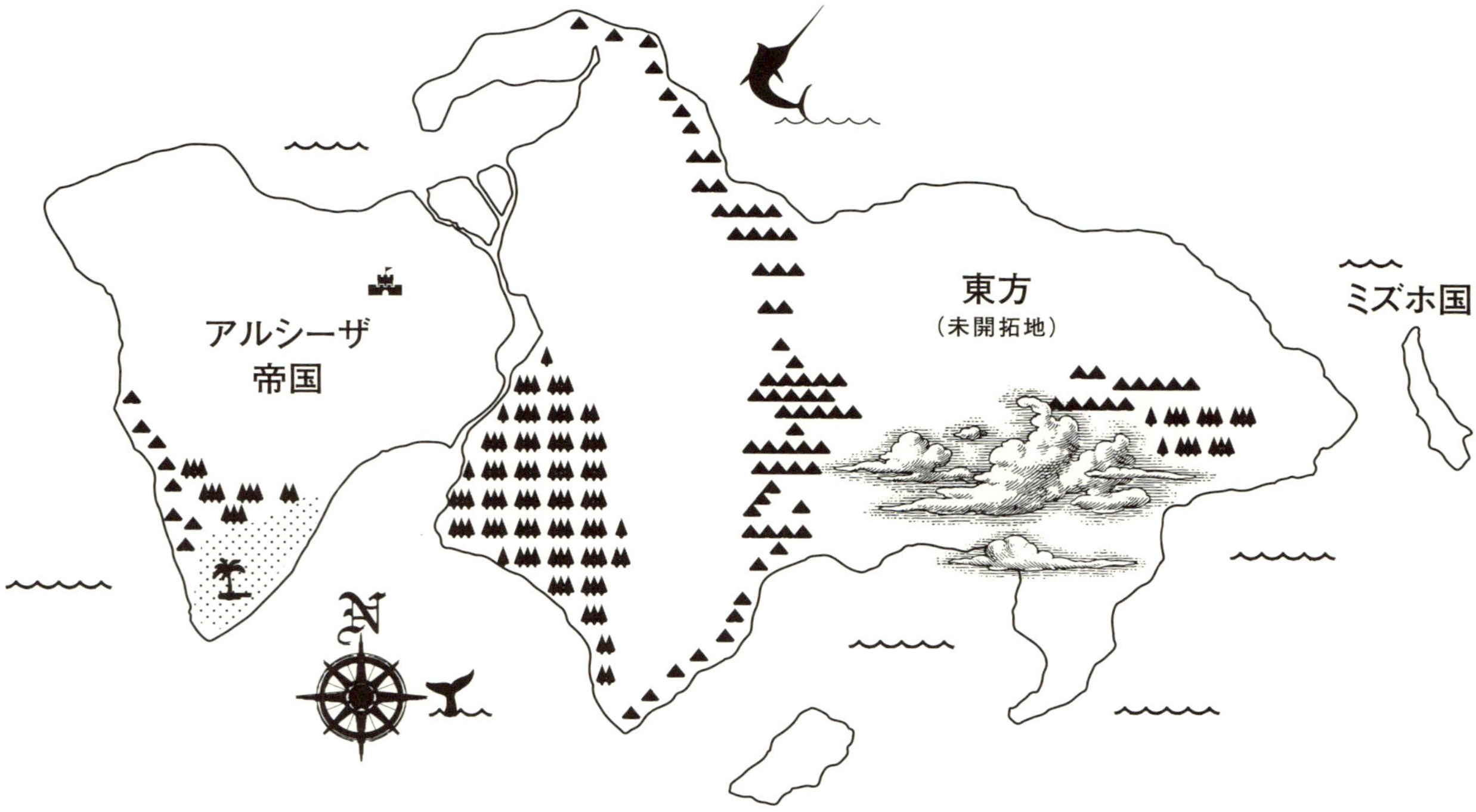
アルシーザ
帝国
東方
（未開拓地）
ミズホ国
N

1　夜中に目覚めたら死ぬことになった？

『があああぁぁぁぁぁぁっ！』

夜中に目を覚ました瞬間、激痛に襲われた。

止むことのない激しい痛みが全身を駆け巡る。

だが、体は金縛りにあったかのように指先ひとつ動かせない。

声を出すことすら叶わなかった。

『俺は死ぬのか？』

そう思った途端に痛みと思考が切り離された気がした。

耐えがたい痛苦を感じながらも思考はクリア。

不思議なものである。

『これが死の間際の感覚か』

俺は痛みから逃げるように思考の海へと潜っていった。

死を意識したからか自然と過去の情景が思い返される。

人は死を目前にすると人生の記憶が走馬燈のように流れるというのは本当だったようだ。

『走馬燈の実物なんて見たことないけどな』
36歳のオッサンとして、それはどうか。
物事を知らないのは恥ずべきことだろう。
死を目前にしてどうでもいいことかもしれないが。
取り留めのないことを考えてしまったせいで思考が中断してしまう。
すると隙を突くように痛みが頭の中を占拠しようと押し寄せてきた。
『ぐうっ!!』
少しでも痛みから逃れるためには考え続けるしかないようだ。
ならばと、それっぽく人生を振り返ってみることにした。
『物心がついたのは幼稚園の頃だったか』
日常生活の何気ないことを断片的に覚えている程度だ。
明確に思い出せるような事柄はなく、何の感慨も湧いてこない。
『こんなんじゃダメだ』
押し寄せてくる激痛を切り離せない。
『もっと印象に残る出来事を!』
そう自分に言い聞かせてたぐり寄せたのは、小学校低学年の頃のこと。
衝撃を受けた最初の記憶。
苦い思い出だ。

両親が交通事故に巻き込まれて他界した。
たまたま祖父母に預けられていた俺は死なずに済んだ。
が、両親の亡骸と対面したときに感情の一部が壊れてしまったことを自覚した。
一言でいうなら動から静。
何事も少し冷めた目で見るようになった気がする。
そのせいか、笑わなくなった俺に祖父母も随分と心を痛めたようだ。
今ならＰＴＳＤと診断されるだろう。
生憎《あいにく》と当時は心療内科も今ほど知られてはいなかった。
そんな訳で傷ついた心が癒えることもないまま小学校時代は過ぎていった。
『中学も似たようなものだったな』
自分以外の人間からは変わったと言われるようになったがね。
それは人に気を遣うことを覚えただけだ。
祖父母が参ってしまうと感じたから。
小学生の頃の抜け殻状態を詫びた覚えがある。
逆に子供がそんなことを気にしてはいけないと諭されてしまったが。
『高校時代は幾分マシだったかもな』
祖父に手ほどきを受けていた囲碁や将棋で少しは目配りができるようになったからか。
はたまた強くなりたくて入った中学の剣道部で人間的に鍛えられたからか。

『楽しかったとは言えるよな』

色々と積極的に動くようになった。

バイクの免許を取得したし。

変わったことをしたくてサバイバルゲーム同好会に入部したりもした。

部活動は黒歴史でもあるのだが、それもまた思い出だろう。

『彼女がどうとかいう話にはついていけなかったがな』

男子高校生にとっては定番の話なんだろう。

が、女子からは距離を置かれていたのでね。

近寄りがたい雰囲気のせいで声を掛けられなかっただけだと部活の友人には言われたが。

『密かにモテていたとか言われたってなぁ』

実感は伴わない。

件《くだん》の友人によれば陰のある表情や雰囲気が良かったらしい。

『ただの根暗だろ、それ』

そんなことより、文化祭や体育祭に祖父母を招待したら喜んでいた方が俺には印象深い。

体育祭ではビデオ撮影に夢中になるあまり目立っていたのが恥ずかしかったけど。

ただ、後で何度も再生しているのを見て何も言わないことにした。

『そして受験だったな』

４年後の自立を目標に東京の大学へ進学が決まった。

合格が決まった後は自立の一助にと車の免許を取得した。
『ここで浮かれてしまったのは若かったな』
免許取得の勢いで中古だがスポーツカーを買ったのだ。
これが失敗だった。
大学には乗って行かなかったが、何かの拍子に目撃されていたらしい。
同じ学部の同級生という立場から巧妙に近づいてきた女と俺は付き合い始める。
断る理由が思いつかなかったからだ。
入学したてで相手のことをロクに知らなかったのも良くなかった。
相手は俺が金持ちのボンボンだと思って金蔓《かねづる》にしようとしただけだったのだ。
スポーツカーに乗っているだけで決めつけられたのはいい迷惑だった。
生憎と車はバイトして返済する条件で祖父にお金を借りて買ったに過ぎない。
そして高校時代の唯一の苦い経験が俺を危機から救ってくれた。
部活で世話になった先輩が自ら命を絶ったのだ。
付き合っていた女子大生に騙《だま》されたと言い残して。
パターンはほぼ同じ。
故に女がいくら猫を被ろうと俺には通用しなかった。
付き合い始めてすぐに違和感を持ち先輩のことを思い出したからだ。
教訓を生かすべく祖父に連絡して興信所を使うことにした。

素知らぬ顔で付き合う振りをしている間に相手の本性を暴く証拠は蓄積されていった。
証拠は溜まるものの、腹黒女と付き合うと精神がガリガリ削られていく。
バイトの合間に根回しで奔走させられたのもストレスだった。
『酷い女だったよな』
陰で色々と言い触らされたし。
俺の財布のガードの堅さに不満を募らせたからだろう。
周囲の印象が固定された後じゃ決定的な証拠を出しても逆転は難しい。
「女に先手を打たれたら手も足も出ない」
『それが先輩の最期の言葉だったな』
卒業していく先輩の無念を滲ませた後ろ姿は今でも鮮明に思い出せる。
だから油断せず情けもかけず相手を叩き潰せたのは先輩のお陰だ。
もちろん祖父母のバックアップが無くては、何処《どこ》かで手詰まりになっていたと思う。
帰省の折に感謝の言葉と共にそのことを伝えたが笑われてしまった。
むしろ詐欺に騙されず良くやったと褒められたのには戸惑ったさ。
そう、俺は反撃した。
弁護士を介して保護者と裏で交渉し本人に根回しする隙を与えず完封。
四面楚歌の状態で地元の悪行三昧を暴露されれば反撃などできない。
本当に難関の大学入試を突破した学生かと疑いたくなるほど取り乱してジ・エンド。

女は自主退学して地元に帰っていった。
後のことは知らないし、知りたいとも思わない。
この件が幕引きして俺は先輩と祖父母に感謝した。
『まあ、それからは友達付き合いも一線を引くような感じになったたっけ』
特に騒動の後も交流が続いた女子は友達止まりの２人のみ。
何かの拍子にアニメやゲームで話が盛り上がった地味な感じの娘とその幼馴染み。
幼馴染みの方は妄想に溺れやすく犬猫の前では別人に変身してしまう変人だったがね。
でも、義理堅く本音で話すので他の連中よりよほど信用できた。
意気投合して以来、36歳となった今でも連絡は取り合っている。
地元に帰った俺と大学のある近辺が地元の２人。
直接の交流はない。
あれば違う未来も見ることができたかもしれない。
東京で就職していれば結婚もあり得たと思う。
だが、そうはならなかった。
就職活動を始めようかという頃になって今度は祖父母が交通事故で亡くなったからだ。
相続のために地元に帰らざるを得なくなった。
これが大学で俺を金蔓にしようとした女の同類を呼び寄せる結果になる。
祖父が資産家だったためだ。

大学時代の経験を生かして祖父が懇意にしていた弁護士に一任して終わらせたがね。
資産の管理もその人にお願いした。
このまま引きこもろうかとも思ったが、社会人を経験しないままなのも考え物だろう。
故に生まれ育った戌亥《いぬい》市の非常勤職員となった。
そして現在に至る。
役所に入ってからはイベントと呼べるものが何もない。
たまに有休を使って車やバイクで一人旅をしたりする程度だろうか。
もちろん現地で誰かと交流するということもない。
典型的なぼっちだ。
自分でそうなるようにしていたから選択ぼっちだね。
プライベートで誰かと会話した記憶がしばらくない。
人間不信気味とはいえ、さすがに人としてどうかと思う。
『だったら次の人生はアラブの石油王にでもなってハーレムでも目指してみるか』
生まれを指定できるとは思えないが、妄想するだけならタダである。
そして、なんちゃって走馬燈が終わってしまった。
『ん？』
痛みがない。
36年間の人生を振り返っている間に痛覚が失われたらしい。

『いよいよか』

『飛賀春人《ひがはると》、もうすぐ死ぬようです。

『いいえ、春人さん。あなたは死にません。私が絶対に死なせません』

聞き覚えのない若い女性の声が頭の中に響いた。

聴覚までおかしくなったようだ。

『何者だ?』

ここは俺の家で住人は俺はひとり。

夜中に目が覚めてひとしきり痛みに苦しんだと思ったら侵入者?

訳が分からん。

『間接的な加害者でしょうか』

いちいち俺の思考に反応してくる。

死にかけてるし幻聴か?

『幻聴ではありませんよ』

死の間際の幻聴説を否定してくる謎の女性。

『これは念話です。別の言い方をするならテレパシーですね』

なかなかユニークなことを言ってくる。

どうやら俺に用があるようだが。

『死を覚悟した人間に何の用があるんだか』

『ですから死なれては困るのです』
無茶振りもいいところだろう。
本人が助からないと自覚しているのに。
『責任者、出てこいっ！』
まあ、出てくるはずもない。
『分かりました。そちらにお伺いしましょう』
次の瞬間、俺は眩《まばゆ》い光に視界を奪われた。

2 女神様に同情されていた

眩いと感じた光は唐突に消えた。
残るは窓から差し込む月明かりのみ。
あれほどの光の奔流を目にして瞬時に視力が回復するのが理解不能だ。
それ以上に理解不能なのが眼下にある見えてはならないもの。
そして目の前の妙齢の美女。
状況が把握できずに混乱する。
『なんだ？　どうなってる!?』
特に下方はグロ注意で俺の精神耐性を突き抜けてくる代物だ。
『下は見ない、下は見ない、下は見ない……』
見るのは正面の美女だ。
透き通るかのような白い肌の持ち主であった。
瞳の色は薄紫でロングヘアの銀髪は緩くウェーブがかかっている。
『外国人？』

彼女は水色のゆったりした感じのロングドレスを身に纏っていた。
シンプルなデザインの服を上品に着こなしているあたりにセンスの良さを感じる。
イメージとしてはファンタジー系のアニメなんかに出てくる神官っぽい。
タレ目気味のおっとり系美人さんなので余計にそう感じるのかもしれない。
『あらあら』
上品な仕草でさりげなく照れている。
もしかして俺の心が読まれている？
『それは違いますよ。あなたの思考が外に漏れ出しているだけです』
『どないせえっちゅうねん』
関西人でもないのに関西弁で反応してしまったさ。
だが、動揺しても状況は変わらない。
下の状況から考えるに俺の状態も想像がつく。
見ないよ？
下は絶対に見ないよ？
グロ注意だからね。
それよりも思考がダダ漏れの方が問題だ。
『むき出しの魂のままだと最初は苦労するかもしれませんね』
ああ、魂ってハッキリ言われてしまった。

やっぱ俺死んだんだ。
思考がダダ漏れになるのは、その影響か。
『口を閉ざすのをイメージしてください。
慣れれば無意識で喋《しゃべ》るのと考えるのが切り替えられるようになりますよ』
宙に浮いている俺自身が透けている。
この状態で口を閉ざすってどうなんだ？
そういうことをするなら下の本体だろうとツッコミを入れたくなった。
パジャマを着てベッドの上で寝転がっているのが本体だ。
ただ、左半身がゾンビ状態だけど。
いや、見ないよ？
右半分がまともに見えるだけにグロさ倍増だから。
できれば記憶の方もモザイク処理でお願いしますと言いたいところだ。
『それは本当に申し訳ありません』
目の前の外国人が済まなそうに頭を下げた。
『ああ、そう言えば俺の思考がダダ漏れなんだっけ』
口を閉ざすイメージで止められるそうだが。
『オーケー、そういう妄想系は得意分野だ』
自慢することじゃないな。

とにかく思考のブロックをイメージしてみる。
口を閉じた状態で呼びかける感じ。
『もしもーし！』
返事なし。
何度か繰り返してみたが、やはり返事はなかった。
『成功したみたいだな』
一安心と言いたいところだが、ブロックしただけではダメだ。
会話を成立させて初めて本当の意味で成功したと言える。
意思の疎通は喋るのを意識する感じで……
『えーっと、聞こえますか？』
『はい、聞こえますよ』
上手くいったようだ。
『こんなに簡単に念話をマスターした人は初めてですよ』
褒められた。
凄いことをした自覚はないのだが。
妄想なんて息をするような感覚でしているからな。
だから浮かれることなく先のことを考えた。
この外国人、俺のこと死なせないって言ってた人と同じ声だ。

同一人物で間違いないだろう。

謝罪までしているってことは事情も完全に把握しているはず。

問題は何者かってことだが人間じゃないのは確かだ。

ピカッと閃光に包まれたと思ったら目の前にいたし。

魂状態の俺と同じく宙に浮いてるし。

いままでこれっぽっちも信じちゃいなかったが……

『もしかして神様ですか？』

そう考える以外の答えが思いつかない。

『ええ』

唐突な俺の質問にも戸惑うことなくあっさり肯定。

『ただし、私はこの世界とは異なるルベルスという世界を管理しています』

管轄が違うってことらしい。

『はあ、異世界の神様ですか。どうも初めまして、飛賀春人です』

自己紹介している場合じゃない気もするが反射的に言葉が出ていたのだから仕方がない。

『私はベリルベル。ベリルと呼んでくださいね』

やけにフランクな女神様である。

『えーっと、余所《よそ》の世界の神様がこっちの世界に来て大丈夫なんですか？』

どう考えても越境とか越権行為に該当するんじゃなかろうか。

死なせないと言っていたはずだし来訪して終わりってことはないだろう。
『彼女は直属の上司ですし許可は得ていますよ。
私の従姉《いとこ》でもありますから普段でも許可を得るのは難しくありません』
巻き込まれてとばっちりを食うことだけはなさそうで安心した。
『なんか家族経営している会社みたいですね』
『この近辺の世界は身内ばかりですね』
どうやら異世界というのは山ほどあるらしい。
『姉さんが……
あ、従姉なんですが、まとめ役になってます。
地球の概念で言うと会社の課長あたりの位置づけでしょうか』
同じ課内に身内が集められた感じだろうか。
役所じゃ身内を同じ課内に配属するとかあり得ないけどな。
『今回は私の管理ミスで問題が発生したので解決のために協力してもらっています』
問題というのは間接的な加害者というのと関連がありそうだ。
何かの事故で管轄外の異世界にまで影響が及んだと考えるのが妥当な線か。
悠長に俺と会話をしていられるってことは被害者が俺だけなんだろう。
運が悪いにも程がある。
『それで死なれちゃ困るそうですが』

『ええ』
『どう考えても死んでますよね、俺』
『いえ、危ないところでしたが死んではいませんよ』
誰の目にも助からないと分かる状況をひっくり返せるそうだ。
『いまは仮死状態を維持しつつ魂の処理を進めています。
肉体は魂の処理が終わらないと手をつけられないので後回しになります』
どうやらマジらしい。
『どう考えても特別扱いですよね？』
世の中にはいくらでも理不尽な理由で死んでいる人がいる。
そんな人たちを神様が蘇らせたなんて話は聞いたことがない。
おまけにベリル様は異世界の神様だ。
管轄外もいいところである。
『今回については特例中の特例です』
やはり事情があるようだ。
『そのあたりの事情についてお話ししましょう』
発端は余所の世界の神様の不手際だったという。
問題のある何かが他の世界に飛散したそうだ。
それはベリル様の世界にも飛んできて拙《まず》いことに魔族の手に渡ってしまった。

結果、神様の眷属である亜神や仙人に匹敵する存在が数多く生まれることになったとか。

『話の腰を折るようで悪いんですが』

手を挙げて質問を試みた。

『何ですか？』

『亜神や仙人と言われてもピンとこないです』

『簡単に言うと亜神がパート社員、仙人がアルバイトに相当します』

役所で言えば非常勤と賃金支弁ってところだろうか。

『人間の中で功績のある者が仙人となります。仙人から実績を上げれば亜神へと昇格です』

『分かりました。ありがとうございます』

そしてベリル様の説明が続く。

『魔王が単体で出現した時のマニュアルは使えませんでした』

そのクラスのがウジャウジャいたんじゃ勇者を選定したくらいではどうにもならない。

仙人に対処させる方法もあるそうだが――

『亜神レベルの魔神まで現れた以上、仙人たちではどうにもなりません』

だそうだ。

格が違うのだろう。

『対応を間違えば魔神がいなくても1日とかからず人間は絶滅していたでしょう』

とにかくベリル様がすべての眷属に命じて討伐させるしかなかったそうだ。

ベリル様自身は戦いが彼女の世界に波及しないよう結界を張っていたとのこと。
しかも結界内では魔族は弱体化するようだ。
それは魔神といえど例外ではないという。
『戦い自体は我々の圧勝で終わったのです』
人間には滅亡クラスの脅威となる魔王も雑魚扱いされたっぽい。
そうしてベリル様の世界ルベルスへの影響は最小限に抑えられたという。
これで終わるなら、めでたしめでたしなんだが。
それでは俺がグロ注意な目にあう訳がない。
『ですが、私はミスをしてしまいました』
結界の強度と亜神たちへの祝福に気を取られすぎたのだそうだ。
異世界とつながる部分を結界で塞ぎ忘れていたってさ。
後はトドメを刺すだけとなった魔神の眷属の1体が、その穴を利用して逃亡。
で、眷属は力を取り戻すため真っ先に俺を狙ったんだと。
向こうにすれば手近な所に餌がいてラッキー。
俺からすれば不運中の不運である。
『俺の体が半分だけゾンビ状態なのは、そのせいなんですね？』
『はい、春人さんは魂喰いに魂を半分食べられてしまったのです』
『魂喰いですか』

嫌な名前だ。
『ええ、魔神のペットのような存在です』
何故だか巨大な犬に齧《かじ》られている自分を想像してしまった。
そんなのに魂を食べ尽くされたら、どうなることやら。
『魂をすべて食べられなくて良かったです。
もし、そうなっていたら取り返しのつかないことになっていました』
『自分の存在が完全消滅してしまうとかですか?』
『はい』
『OH!』
想像がついていたとはいえショッキングな肯定だった。
某ゲームの「お気の毒ですが」よりも救いがない。
何しろ一からやり直すことすらできないのだから。
文字通り無に帰してしまうかもしれなかった状況には生きた心地がしない。
まあ、今は仮死状態だそうだけどさ。
『重ね重ね申し訳ありません』
ベリル様が再び詫びた。
『これを御覧ください』
少し間を置いて俺の意識に映像が流れ込んできた。

亜神たちの戦いを編集&早送りしているようだ。
黒い犬もどきが攻撃を受けたあたりで早送りの速度が若干落ちる。
犬もどきはボロボロの状態で横たわっていた。
が、その表情は死の間際であっても殺意に満ちている。
油断なく近づく亜神たち。
その慎重姿勢が徒《あだ》となった。
次の瞬間、犬もどきが口を開くと口腔内にどす黒い火炎のようなものが渦巻いた。
亜神たちが手を前に突き出す。
すると犬もどきに向けて半透明の光の壁が押し寄せていった。
ブレスを無効化するためのものだろう。
が、奴は光の壁が到達する前にブレスを下に向けて放った。
結果として奴の姿が闇の靄《もや》のようなものに覆われる。
犬もどきの姿が見えなくなり、狂ったような咆哮が空気を震わせた。
自爆ダメージによるものだろう。
誰も巻き添えにしないのでは無意味に思えたが、そうではなかった。
その自爆攻撃は目的を完遂するための布石だったのだ。
己を焼くという強引な方法で姿を隠しつつ牽制する。
狂っているとしか思えぬ手段だったが、故に阻止や妨害を回避できた。

靄が光の壁に接触して消え去っていく。
しかしながら、そこに奴の姿はなかった。
映像の再生はここで終了。
『死にかけてるのに自爆覚悟で逃亡ですか』
死に物狂いとはまさにこのこと。
奴の賭けはギリギリで失敗したけどな。
自爆で余力を失い嚙みつくのが精一杯だったようだ。
それでも何かしら超常現象的な効果を持っていたのだろう。
魂を半分食べられた俺は左半身がゾンビ化してしまった訳だ。
『魂喰いの討伐が間に合わず本当に申し訳なく思っています』
そんな風に言われると不安になるんだが。
『助かるんですよね、俺?』
『はい、それだけは間違いなくお約束します』
含みのある言い方に聞こえてしまうのは被害妄想が過ぎるのだろうか。
『ただ、人的な被害を被ったのはあなただけなのです』
『もしかしなくても俺すごく運が悪かったってことですよね』
『その一言で終わらせるのが気の毒なのですが否定はできません』
ベリル様が深々とお辞儀をして本当に申し訳ないと謝罪した。

それはいいけど完全に同情されている雰囲気だ。
神様に同情されるレベルで運が悪かったとは……
魂を喰われたことよりショックだよ。

3　死んでないけど死んでいたことになる

己の不運を嘆いても結果は覆せない。
どんなに必死に願おうとも時間は巻き戻せない。
ならば原状回復してもらって手打ちにするしかないだろう。
ところが、である。
『重ね重ね申し訳ありません』
ベリル様、謝りすぎ。
世界中探したって神様にここまで謝られた人間などいないだろう。
『魂の損耗が激しすぎて元通りにはできませんでした』
「…………」
何か不利益を被りそうな話だ。
『欠損部分を補うしかなかったのです』
どうやら代替できるものがあるようだ。
「補うことで不可逆になってしまった訳ですか」

『残念ながら、そうなります』

それでも死ぬよりはマシだろう。

『言い訳になりますが、一刻を争う事態でしたので』

「それは不可抗力だと思いますよ？」

『ですが、いくつか問題が生じてしまうのです』

「はあ……」

よく分からないが故に生返事をしていた。

が、ベリル様の話を聞いてみると確かに問題だらけだったのである。

「俺の魂が神様の眷属と同レベルに進化してしまったんですか？」

『はい』

こうなると受け皿となる肉体も釣り合いが取れるものが必要になるそうだ。

俺は人の上位種族エルダーヒューマンになってしまいましたとさ。

上位種族って言うくらいだから基本スペックが軒並み高いのだろう。

それはいい。

苦労はするだろうが誤魔化すことは不可能ではないはずだ。

問題は外見である。

体の修復も完了したのだが……

「どう見ても若返ってますよね」

『はい、肉体年齢的に15歳くらいでしょうか』

マイナス21歳は誤魔化しようがない。

しかも元のフツメンからイケメンに変わってしまっている。

面影は残しちゃいるが、これでは別人だ。

昔から交流のあるご近所さんでさえ俺とは認識してもらえないだろう。

職場では言わずもがなである。

「実は死にかけて進化しちゃったんですよー」

なんて言おうものなら、頭のおかしい人扱いされること間違いなしだ。

「仕事辞めて引きこもり生活ですかー」

最近はネット通販が発達してるから、それでも何とかなりそうだけど。

『いえ、この世界には残れません』

「は？」

『申し訳ないのですが、春人さんは私の世界の法則で生まれ変わりました』

「はあ……」

『私の世界へと移動していただかなくてはなりません』

「え？」

急展開すぎて何だかよく分からない。

死ぬ寸前だったし生まれ変わったというのは、まあ分かる。

魂も肉体も補った部分を馴染ませるために再構成するしかなかったというし。
異世界の神様の力で転生したという事実は大きいようだ。
『残念ながらセールマールの管理神との協議による決定事項です』
セールマールというのは俺たちの世界の呼称みたい。
なんにせよダメ押しまでされてしまった。
「所属する世界が変わってしまったということですか？」
『はい、そうなります』
「この世界の住人として登録し直すみたいなことは……」
『申し訳ありません』
ダメらしい。
おっとり系の美人に何度も謝られていると罪悪感が半端なくて焦ってしまう。
『所属を戻すとなると影響が拡がってしまうのです』
そのまま説明が始まったので聞いていたが、愕然とするしかなかった。
まず、この世界の人たちにかける負担が多大なものになるというのだ。
俺にかかわってきた全員の寿命を軽く半分に縮めるくらいには。
管理神よりも上位の統括神と呼ばれる神様でさえ影響をゼロにはできないらしい。
『今回の事件の影響を最小限にとどめるためとご理解ください』
俺は被害者だが何が何でもゴリ押ししたいって訳じゃない。

元の寿命を半分にした結果、大勢の人たちがお亡くなりになりました。

そんな話は耐えられない。

これで動揺するなという方が無理である。

「うそ〜ん」

と頭を抱えて嘆いていたら――

『本当に申し訳ありません』

またしても謝られてしまった。

「あー、大丈夫です、大丈夫です」

誰も死なないのが一番だし俺はまだ生きている。

「生きてるだけでもラッキーなんだし、お気になさらず」

ただ、異世界行きが確定してしまったせいで二度と戻ってこられなくなったが。

そのあたりは切り替えるしかなかろう。

「質問があるんですが」

『はい、何でしょうか』

「この世界での俺は失踪扱いになるんでしょうか？」

普通に考えれば、それが順当だろうと思ったのだが。

『いえ、この世界における春人さんは死亡扱いになります』

あっさりと覆された。

『これも申し訳ないのですが、過去に遡って処理させてもらいます。具体的には交通事故で御両親と一緒に亡くなっていたことになります』

それが混乱を引き起こさずに解決する最善手なのだという。

「俺のことを覚えている人は大勢いるはずですが？」

『その方たちについては記憶を夢の領域とつなげて処理します』

強引に記憶を消去すると欠落した部分に強い違和感が生じるのだとか。

小説なんかの本のページを途中で破り取るようなイメージらしい。

ベリル様の方法だとそういう強引さがないという。

夢扱いされた部分は記憶が曖昧になり徐々に記憶が薄れていくのだとか。

最終的には綺麗サッパリ消えてしまうので結果は同じらしい。

いずれにせよ、こっちの世界じゃ死んだも同然になるって訳だ。

代わりに異世界に行くためのフォローは万全らしい。

基本的な知識は譲渡済み。

記憶の処理が魔法を用いて行われることも自然に受け入れていたし。

知らないはずの異世界ルベルスの知識まで頭に入っている。

ベリル様が管理する世界で魔法が文明の根幹をなしていることまでバッチリだ。

元の世界に残れないからこそアフターフォローも万全にしてくれる訳か。

だが、それでも引き下がれないものがある。

「すみません。２人だけ本当のことを説明しておきたいんですが」

『どうしてもですか』

「裏切るようでスッキリとは向こうに行けそうにないんです」

『困りましたねぇ』

「いや、我が儘だとは分かっているんですが……」

『お相手はどなたですか』

「大学時代の同期で、名前は諏堂瑞季《すどうみずき》と司馬舞佳《しばまいか》です」

『彼女たちの人生を狂わせてしまうくらいの覚悟が必要ですよ』

「責任がとれるのかと聞かれたら無理なのは承知しています」

俺はこの世界から去る人間だからな。

自分の言動が引き起こす結果を見届けることすらできない。

本来なら我を通すべきではないのだ。

「ただ、何も言わずに異世界に行ってしまうと相当恨まれそうなんですよね」

明確にイメージが湧いてしまう。

どうしても記憶が消去されるとは思えないのだ。

「この２人はスイッチが入ると魔法も根性で覆してしまう気がしてならないんです」

ミズキチは物静かで大人しいと思われがちだが筋金入りの頑固者だし。

マイマイはいい奴なんだけど決してお人好しではない。

どちらも思い入れが強いほど固執するタイプだ。

俺が地元に戻ることになったときも2人して内定していた会社を蹴ろうとしたし。

あれはメールや電話で連絡を取ることを約束させられてなんとか解決した。

今も頻繁に連絡しているせいで不思議と疎遠って気がしない。

卒業してから会ったことは一度もないのに。

そういや、次の正月にはプチ同窓会をやることを決めたばかりだ。

すっぽかすとか考えるだけでも背筋を凍り付かせるような何かを感じる。

今回の一件は個人の努力ではどうにもできないというのに。

だから笑ってサヨナラするために説明くらいはしておきたいのだ。

『困りましたね』

「無理を言ってるのは重々承知しております」

『いえ、そうではないのです』

予想外の返事に俺は戸惑った。

何を否定されたのか見当もつかない。

『念のため彼女たちを確認してみたのですが要望がなくても因果を制御しきれるか……』

あの2人が意地でも抗う姿が目に浮かぶようだ。

「あー、アイツらだったら分かる気がします」

分かってても嬉しくはない。

２人だけが俺のことで苦しむことになるからだ。
『他の人に比べて因果律がこの場で計算しきれないほど複雑になっています』
神様が困惑するほど運命に抗おうとするなんて並大抵のことではない。
どれほど苦しむことになるのか。
たとえ恨まれることになったとしても苦痛など感じてほしくはない。
『ですので春人さんの御希望に関しては白紙とさせていただきます』
「なるたけアイツらが苦しまないようにしてやってください」
『時間はかかりますが、間違いなく。御希望に添えず申し訳ありません』
また謝られてしまった。
これ以上は勘弁してほしい。
「それはしょうがないと思うので最終結果だけ聞かせてください」
『分かりました』
これでようやく話も終わるかと思ったのだが……
『あと、もうひとつ謝らねばならないことがあります』
「…………」
美人な女神様に謝られてばかり。
罪悪感がハンパなくて俺のライフを盛大に削ってくれるんですが。
もう許して？

『春人さんには呪いが掛けられていました』

「は？」

聞いた瞬間は訳が分からなかったが、思い当たる節はあった。

「ああ、魂喰いとかいうのにやられた時に……」

『いいえ、少なくとも御両親の事故より前からになります』

「はあっ!?」

『春人さんが大きなトラブルに見舞われてきた原因はすべて呪いのせいだったのです』

「…………」

両親や祖父母が亡くなったことも呪いだというのか。

大学時代のアレも相続がらみで揉め事になった時も。

そして今回の魂喰いの件でも。

誰が何のために？

そんな子供の頃に呪いをかけられるようなことをした覚えはない。

『本当に申し訳ありません』

動転しているときに謝られても罪悪感は湧いてこないらしい。

正直、それをありがたいとすら思えないほど混乱していた。

『巧妙に隠蔽されていたせいでこの世界の神も気づけなかったようです。

私も春人さんの魂を再構築する最終工程でようやく確信できたくらいなので』

「犯人は分からないんですよね」

『それについては御心配なく。この世界の神が責任を持って処理します』

はぐらかされてしまった。

どうやらヤバい事情がありそうだ。

「犯人の目的を聞くわけにはいきませんか」

深入りするとロクなことにならない気はするが、聞かずにはいられない。

『春人さんから魔力を奪うためとしか言えないです』

「魔法の使えない俺がですか!?」

『この世界では強いストレスにさらされると魔力が高まる人がいるんです』

魔法が使えなくても魔力があって制御できるようだ。

不思議なものである。

『私の世界では魔法使いとしての素養がある人ということになります』

「そうですか……」

『慰めにもなりませんが、呪いは完全に浄化しましたので今後は何の問題もありません』

そう言われて呪いに関しての話は打ち切られてしまった。

納得するしかなさそうだ。

4　イケメンと美女がやってきた

呪いに関してはベリル様は関係ないはずなんだが浄化までしてもらった。
ひたすら謝ってもらった上にオマケのサービスまでしてもらった気分だ。
申し訳ないというか恐縮してしまう。
それに引き換え、こっちの神様には責任があるだろうに出てくる気配がない。
そこだけがどうにも納得のいかないところである。
ただ、神様でも簡単には感知できない呪いだ。
同じような被害者がいないか確認中ということもあり得る。
あるいは後始末で手が離せないということも考えられる。
好意的かつポジティブに解釈してみた。
不機嫌なまま異世界へ移住するのも考え物だと思ったからね。
そう、俺はもうこの世界の住人じゃないのだ。
「じゃあルベルスでしたっけ？　そろそろ向こうの世界に行きましょう」
気合いを入れて、いざ新生活と思ったのだが。

『待ってください』

ストップがかかってガクッと軽くずっこけてしまった。

「何でしょう？」

『まだ魂が新しい肉体に馴染んでいないのです』

「自覚症状はありませんが、問題があるのでしょうか？」

『異世界転移の衝撃で魂が体から弾き出されてしまいます』

問題ありそうだ。

『何処に飛ばされるか予測がつきませんし』

迷子になる恐れがあるのか。

『状況によっては消滅することも無いとは言えませんので』

シャレにならん。

大人しく待つのが吉だろう。

「馴染むまで後どれくらいでしょうか」

一抹の不安を感じつつ聞いてみた。

『数日はかかるかと』

「それって誰かに見とがめられそうなんですが？」

うちの近所は最近にしては珍しくご近所付き合いが密なのだ。

当然、防犯意識が高い。

空き家に不法侵入者の気配がすれば証拠がなくても普通に通報されてしまうだろう。

存在すら抹消された人間など住所不定無職より怪しいに決まっている。

警察が徹底追及しないはずがない。

『ご心配なく』

ふわりとベリル様が笑った。

『既に空間魔法でこの屋敷と外部は切り離されています』

ベッドの上で正座したままだった俺は思わず土下座するかのように突っ伏してしまった。

そういうことは先に言っておいてほしい。

なんにせよ厄介ごとにならずに済んで一安心である。

「では、待つ間に魔法を教えていただくことは可能ですか？」

図々しいとは思うが興味の方が勝ってしまった。

趣味嗜好は昔から若いままだ。

精神面が子供とも言う……って、ほっとけ。

『素養があるようなので習得は容易でしょうね』

「おおっ」

内心でガッツポーズ！

リアルで魔法が使えるとか人目がなければ狂喜乱舞していたかもしれない。

『魂が馴染むまで時間があるので春人さんには覚えてもらう予定でした』

「予定……ですか？」
『眷属たちがどうしても謝罪したいと言うのです』
ああ、魂喰いの一件だな。
『場合によっては魔法習得の時間が大幅に削られるかもしれません』
確かに全員から各々の言葉で謝罪を受けるとなると相応の時間がかかりそうだ。
ベリル様も本来の仕事があるだろうから暇ではあるまい。
延長講習はないと考えるべきだ。
魔法の習得が不完全な状態で終わる恐れもある訳か。
本音で言えば謝罪は不要だ。
謝罪はベリル様にこれ以上ないほどしていただいたし。
俺としては魔法の方が重要である。
が、誠意を示そうとしている相手を無下にするのは考え物だ。
向こうは謝罪したくて、こちらは時間が欲しい。
ならば妥協するしかないだろう。
「では代表者を決めていただけませんか」
俺の提案は妥当だと思う。
問題は代表者を決定するのに時間がかかる恐れがあることだ。
なんてことを考え始めた瞬間、室内に光が満ち溢れた。

「おおっ!?」
俺はとっさに身構えていた。
『大丈夫ですよ』
何事かと焦っている俺にベリル様が声を掛けてくれた。
神様が言うなら間違いあるまいと構えを解く。
そして光が消え去る。
視界が戻った時には人が増えていた。
ベリル様の両脇に控えるようにして佇む2人。
白いローブ姿の金髪イケメンと黒いローブ姿の金髪美女。
イケメンが爽やか系の雰囲気があるのに対し、美女は神秘的な空気を纏っていた。
『やあ、僕はベリル様の眷属を代表して来たラソルトーイ』
『同じくルディアネーナ。我ら2人でベリル様の筆頭眷属だ』
2人なのに筆頭とはこれ如何《いか》に。
長々と説明されるのは時間がもったいないのでツッコミは入れなかったが。
『僕のことはラーくんと呼んでくれたまえ』
イケメンの方は見た目と違って馴れ馴れしい。
『うん、遠慮はいらない』
念押しまでしてくるあたり本当に筆頭眷属かと思ってしまう。

『冗談は頭の中だけにしておけ』
美女がイケメンをたしなめる。
『少年、私のことは好きに呼ぶがいい』
根本的な思考パターンが似ている気もするが指摘すると説教されそうだ。
第一印象は「この美形漫才コンビは何なの？」である。
「はあ……」
登場から自己紹介までを流れるように畳み掛けられた。
「えと、飛賀春人……です」
どうにか自己紹介するのが精一杯。
『いやー、ゴメンねぇ。こんな事態になるとは夢にも思わなかったんだ』
「…………」
イケメンのノリの軽さに呆気にとられてしまった。
いや、イケメンは拙いか。
筆頭眷属ってくらいだから亜神のトップだろうし。
本人の要求は恐れ多くて却下するしかないのでラソル様だな。
とにかく軽々しい謝罪にもムッとすることはなかった。
何故だか本気で謝っているんだというのが伝わってきたからだ。
そういう人柄なんだろう。

『本当にすまない。自分の未熟を恥じるばかりだ』
美女——じゃなくてルディア様の謝罪は言葉と意思の両方でしっかりと感じ取れた。
なんというか侍っぽい雰囲気がある。
見た目はストレートの金髪ショートヘアがよく似合う外国人モデルって感じだけど。
身に纏った空気が抜き身の日本刀を連想させるからだろうか。
同じ筆頭眷属でもラソル様とは正反対だ。
いや、でも面立ちはそっくりなんだよ？
性別と髪型さえ同じなら双子かってくらいにね。
「それはどうも、わざわざ御丁寧に」
とにかく余裕がなくて詫びの返事をするのが精一杯。
謝罪するのは職場で慣れているが、逆はない。
人間、不慣れなことに直面すると頭が回らなくなるものだ。
故に次のラソル様の行動にも俺は対応できなかった。
『お詫びと言っては何だけど僕ら眷属全員からプレゼントだ』
ラソル様の指先から淡く光る玉が放出された。
それは音も衝撃もなく俺の胸にスッと入ってしまう。
何の感触もないはずなのに体内に残った気がしてならない。
「な、なんですか、これ!?」

得体の知れない物が体内にあると思うと焦りを生む。
それに対してラソル様は楽しげだ。
『スキルの種だね』
余裕で返答をしてくる姿に少しばかり恨めしく思ったさ。
「種……ですか？」
『いろんなことができるようになるための下地だよ』
最初から何でもできるのではなく芽を出させて育てないといけない訳か。
種とはよく言ったものである。
『物にするには君自身が成長しないといけないいんだな、これが』
まんまＲＰＧじゃなかろうか。
「もしかして魔物を倒すとレベルアップしたりするのですか？」
『よく知っているね。いや〜、さすがは日本人』
ラソル様がちらりと俺の寝室にある書棚を見た。
そこには趣味の本や漫画が多く並んでいる。
異世界ネタの小説なんかも各種ございますよ。
いい年したオッサンのコレクションだけど何か？
異世界と魔法は男のロマンだ。
あとメカアクションもな。

ロマンに年齢制限はない！
ドヤ顔で断言することじゃないけどさ。
それに全部が全部そういうのじゃない。
俺の蔵書の過半数はロマン系だけど……
『兄者《あにじゃ》、その説明で終わらせるつもりではあるまいな』
このタイミングでルディア様が口を挟んできた。
そんなことより俺が気になったのは、この2人が予想通り兄妹だったことだ。
『あ、いや、その……ダメかな？』
ラソル様の返答にルディア様が嘆息した。
気持ちは分かる。
さっきの返答ではどうとでも解釈できるからな。
『少年が安易な行動をして生死に関わる結果になったら誰が責任をとるのだ？』
ルディア様のしごく真っ当な指摘にラソル様がショボンと落ち込んだ。
が、それよりも気になる発言があった。
「生死に関わるって、そんなに危険な世界なんですか？」
『それこそ君の蔵書の何割かを占める小説のごとくだ』
何だか責められているような気がするのは被害妄想が過ぎるだろうか。
分かり易かったけどさ……

「弱肉強食で迂闊なことをすると簡単に死ぬ訳ですね」
『そういうことだ』
肯定されて思い出した。
条件さえそろえば魔王や魔神まで発生することを。
『魔物を倒すのが少年の成長を最も促す行為であることは否定しない』
そういう言い方をするということは額面通りに受け取ってはいけないということだ。
「でも、レベルが低いと弱い魔物が相手でも命懸けですよね」
こういう落とし穴があるからだ。
こっちは典型的な現代の文系日本人だから生死に関わる戦いの経験なんてゼロだし。
『その通りだ』
ルディア様が頷《うなず》いた。
「その上、ゲームと違ってリセットもロードもできない」
『そうだ、それを忘れてはいけない』
浮かれて調子に乗っていると簡単に詰んでしまうだろう。
『このことを肝に銘じて慎重に行動するのだ』
スキルの種もそのための保険というか対抗策なんだと思う。
一から育てる必要があるけど。
そう考えると、なかなかハードな設定だ。

シビアなデスゲームくらいの感覚でいた方がいいかもしれない。
『だが、そう恐れる必要はない。スキルの種は任意で自己強化できるからな』
どうやらゲーム仕様のチート能力を貰ったみたい。
いくらお詫びでもやりすぎだ。
もしかして俺って眷属な方たちからも同情されてるのか？
『それ故に誘惑も強かろう。くれぐれも自重するのだぞ』
ルディア様が凄い気迫で言ってきた。
『特にレベルの低い間はダンジョンへ挑むなど無謀なことはするな』
念押しされるし。
「はい」
そう返事をしながらも内心ではワクワクしていた。
ダンジョンと聞くと血が騒ぐというか。
一応はゲーマーの端くれだからね。
『【ヘルプ】と【チュートリアル】のスキルは解放しておいた。
細々した事はそちらを参照すれば滅多なことでは困らんだろう』
なんというか本当にゲームだ。

5　どこに住もうか

『魔法ってこんなに簡単に使えたのかー』
それがベリル様の魔法授業を受けた感想である。
とにかく今まで魔法が使えなかったのが信じられないくらい最初からスムーズだった。
俺の家がベリル様の結界の中にあるというのが理由として大きいようだ。
外界は、この世界の管理神によって強めの封印をかけられており魔法が使えない。
そうせざるを得ないほど管理が難しい世界らしい。
ただ、魔力の制御だけならできている人間は結構いるのだとか。
空想することに長けている人間は皆そうだという。
管理神の封印さえなければ日本には魔法使いが大勢いただろうってさ。
『実感はまるで湧かんがな』
魔法があっさり使えたにもかかわらずね。
もちろん何の手助けもなく魔法が使えるようになった訳じゃない。
ベリル様の手ほどきがあってこそだ。

これが実に分かり易い。
その上【チュートリアル】のスキルもある。
簡単な魔法は負担もないため、すぐに習得できた。
難易度の高い魔法は魔力を大量消費するので実行には時間がかかったけどね。
魔法を制御して保持しつつ魔力を回復させるとか高度なことまで教えてもらった。
お陰でレベルが上がった。
難易度の高いことを実行すると経験値がたまるみたい。
『本当にゲーム的なのな』
まあ、ベリル様が教えてくれなかったらレベルアップしたか分からなかったんだけど。
気になって自分のステータスを確認する方法を【ヘルプ】スキルで調べましたよ。
スキルで言えば【システム】や【鑑定】など。
あとは魔法で視認可能にすることも不可能ではないらしい。
【ヘルプ】の内容が薄いせいで分かるのはその程度だったけどね。
「はぁ――――っ」
思わず長めの溜め息が漏れてしまう。
まあ、落胆した訳なんだが。
そばに誰がいるのかを完全に失念していたのは失態だった。
「どうしたのですか？」

ベリル様が声を掛けてくるのも当然だろう。

「あ、すみません。スキルに過剰な期待をしていたようで……」

「使い始めですからね。熟練度を上げれば使い勝手が良くなりますよ」

「取得するだけじゃダメなんですね」

「ええ、成長させないといけません」

「そう言えばスキルの種を貰った時に任意で強化できると聞きました」

ベリル様が苦笑いする。

「現状はスキルを使い続けて鍛えるしかないですよ」

指摘を受けて気が付いた。

魔物を倒していないから強化するために必要なポイントがないのだ。

「世の中、甘くないですね」

熟練度を鍛えるのは簡単ではなさそうだと思ったのだが。

「ハルトさんはスキルの種を持っていますから簡単に熟練度を上げられます」

「それは……」

かなりチートな頂き物をしたようだ。

ならば【ヘルプ】や【チュートリアル】を鍛えて使い勝手を良くしよう。

料理のレシピ本を読みながらだと手際よく調理できないだろ？

魔法の練習の時もそんな感じで中断が多かったし。

その代わり、こういうのを繰り返せば【並列思考】みたいなスキルが習得できそうだ。
現状の【ヘルプ】ではスキルの取得条件は分からんがね。
最悪、魔物を倒してポイントを割り振れば手っ取り早く取得できるさ。
そのためにも異世界に旅立たねばならない。
俺の方の準備も完了したようだ。
ベリル様が地声で喋っているのが、その証拠である。
俺の魂を定着させるために必要だからとずっと念話で通していたんだけどね。
普通に喋っているということは異世界へ行けるという合図に他ならない。
「では、そろそろ行きましょうか」
「はい」
昔馴染みの2人に対する気がかりはあるが未練はない。
冷たいようだが、身近な人との別れには慣れている。
お陰でドライすぎるくらいドライな人間になってしまったけれど。
『せっかく生まれ変わったんだ。
異世界では脱ぼっちで行こう。
あと、後悔のないよう自由に生きる！』
俺が決意を新たにしている間にベリル様の準備が整ったようだ。
「まずは世界間の隔たりとなる亜空間に出ます」

その言葉を聞いた直後、俺たちは見渡す限り白色の世界にいた。
『速っ！』
魔方陣が展開してとか想像していた俺はアニメとかの見過ぎなんだろう。
それはともかく、ここには何もない。
存在するのはベリル様と俺だけ。
ラソル様とルディア様は俺が魔法の修行を始める時に帰ってしまったし。
しかも、だ。
『影がない？』
真っ白な場所なのにベリル様から影が伸びていない。
自分の姿も確認してみたが同じだった。
ちなみに俺がいま着ているのはベリル様からもらった服である。
生まれ変わって身長が10センチも伸びたので元の服は着られなくなったのだ。
１７０半ばを超えるとは思ってもみなかったさ。
「ここでハルトさんに行く場所を選んでもらうことになります」
「はい」
返事をすると目の前にバランスボール大の球体が出現した。
やや見下ろす形になるが浮いている。
表面には地図らしきものが表示されていた。

俺の知る世界地図ではない。

「地球儀ならぬ惑星儀ですか」

「ええ、私の管理する世界ルベルスの惑星レーヌよ」

「これが……」

両極以外に大陸はひとつ。

初見の印象は右向きの熱帯魚だった。

腹に相当する部分の南方に大陸と言うには微妙な大きさの島がある。

他に目立つ島というと熱帯魚の顔面の先に弓なりの細長い島。

鍔《つば》のように張り出した部分もあるので日本刀と言った方がいいだろうか。

熱帯魚に斬り掛かるような格好だが、それだと刀に見えなくなるくらい小さい。

何気ない感じでレーヌ儀に触れてみた。

「こいつ、動くぞ」

スマホ感覚で自在に動かせて地球儀よりも自由度が高い。

しかも指先でダブルタップすれば初期位置に戻るという便利仕様である。

「これで俺の行き先を選択するんですね」

「それもあるんですが、先にある程度のことを説明しておきますね」

予備知識を身につけろということだろう。

事前に貰っていた知識には地理的なものは含まれていなかったからな。

『地理の授業が始まる訳だ』
まず、レーヌは地球とほぼ同じ大きさだが陸地面積は少なめらしい。
人が住むのは熱帯魚型大陸の西側だけ。
東側は巨大山脈に分断され人跡未踏の地であるという。
あと人がいない場所というと魔神騒動があった南方の島。
隔離されたに等しい場所だから討伐前に人間が襲われることもなかったようだ。
魔族が侵略を開始する前に討伐できて良かった。
ただでさえ魔物や戦争が原因で人は多くないそうだからな。
『魔物はともかく戦争か』
為政者の都合で戦争に明け暮れている国もあるようだ。
平和に暮らしたい俺としては絶対に近寄りたくない。
それから大陸の西、熱帯魚で言う尾びれ部分に位置するアルシーザ帝国もパスだ。
国土面積だけなら断トツで世界一なのに豊かな国ではない。
差別と重税のために苦しむ国民が多い最悪の国である。
しかも他国にはあって当然の冒険者ギルドさえないのだ。
『国全体がスラムのようなものなんだろうなぁ』
偵察する気にもならんがね。
それにしても新しい体は高スペックだ。

物覚えが抜群に良いので助かる。
上位種だからというのもあるが【ヘルプ】スキルのアシストが大きい。
自動で知識を整理しながら追加していくとか便利すぎるだろ。
とにかく知識の取りこぼしがない。
そして講義の時間が終わった。
「困りました」
住む場所の候補が絞り込めないのだ。
今後の人生を左右するから安易には決められない。
「慌てることはありません」
そう言ってもらえると助かる。
如何にスキルの種を持っているとはいえ、まだまだレベルが低いからな。
人の多い地域に行けば思わぬトラブルに巻き込まれそうだ。
今の俺は15歳の若造だからな。
この世界の標準的な成人年齢には達しているが下手に目立つとカモにされかねない。
だからといって田舎に行けば余所者ということで目立つ恐れがある。
リスクの読めない状態だと何が正解か分からないのが悩ましい。
ただ、俺の勘が人のいる場所に行くなと警報を鳴らしている。
脱ぼっちの目標とは相反するが……

「人のいない場所でもいいんですか？」

優先されるべきは安全だ。

「構いませんよ」

その言葉を聞いてホッとした。

脱ぼっちはいずれ達成すればいい。

「何処でもという訳にはいきませんが」

それはそうだろう。

特に人跡未踏の大陸東方は強力な魔物が多いと講義で聴いたばかりだ。

南方の島は魔神討伐後に後始末をしたら何も残らなかったそうだし。

瘴気もないけど獲物や素材になるようなものまで存在しない。

『それじゃ生活できないって』

余所から物資を持ち込んで開発するにしても今の俺には無理だ。

「そうなると東の果てにある刀の島ですかね」

「あら、刀の島だなんてユニークな見立てですね」

「ちょっと日本に似ていると思ったもので」

日本列島を刀に見立てる者はそうそういないとは思うが、俺はその口だ。

反り具合が弓というよりは腰折れの日本刀のように感じるんだよな。

こちらの方がより日本刀っぽいから刀の島と呼んだ。

日本に似ていると言ったが見た目の共通点は細長くて反っているくらいか。
こちらは大きな島ひとつだけだったり反りが逆だったりするからな。
だが、講義の内容を思い返してみれば気候風土は日本そのものだ。
ここほど四季の移り変わりが明確な地域はないそうだし。
梅雨も台風もあるのは懐かしくもある反面、困ったものだとは思うがね。
「確かに似ている部分は多いわね」
米が自生していて梅や桜もある。
火山がいくつかあって温泉も多い。
海流の影響で近海の漁場に恵まれてもいる。
そしてなにより大陸東部と海で分断されているので強力な魔物がいないそうだ。
住む場所としては理想的ではないだろうか。
「でも人間種はいないわ」
問題はそこである。
が、安全優先と決めた。
ぼっち卒業はレベルを上げて色々できるようになるまで先送りだ。
漠然とはしているがロードマップはある。
『まずは日本酒造りだ！』
これを手土産にドワーフと仲良くなる。

ドワーフが酒好きというのは、どの世界でもテンプレだそうだ。
ならば知らない酒を前にして邪険にされることもないだろう。
そしてドワーフにラミーナと呼ばれる種族を紹介してもらうのだ。
ラミーナもドワーフと同様に人間種である。
獣の耳と尻尾がある以外はヒューマンそのもの。
獣人と言わないのは二足歩行をする獣型の魔物のことをそう呼ぶからだ。
差別的な連中はヒューマン以外の人間種を獣人と呼ぶようだけど。
どうにも関わりたくない手合いである。
でもってドワーフやラミーナ以外の人間種にはエルフやフェアリーがいる。
いずれも差別的な目を持たないそうだし脱ぼっちの相手としては理想的だろう。
『フェアリーが妖精ではなく人だったことには驚かされたが』
ここではエルフの親戚のようなものらしい。
同じ人間種として交配も可能と言われれば納得するしかない。
とにかくヒューマンに溶け込むのは最後だ。
奴隷を購入するという手段などで予定を変更する可能性はあるがな。
元は日本人の俺だけど、奴隷に拒否感はあまりない。
郷に入れば郷に従えである。
文明の発達度合いから考えて無くしてしまうと大きな混乱が生じてしまうだろうし。

魔物の存在が労働力不足につながっているからな。

犯罪奴隷であれ借金奴隷であれ労働力としないのは損失でしかないのが現状である。

隷属させる魔法で行動に制限が掛けられるため、捕らえた犯罪者は逃げられない。

同様に借金を返済できない者を逃がさないことで踏み倒しの防止にもなる。

決して良い面ばかりではないが地球とは環境が違うわけだし安易に否定はできないのだ。

俺にできることがあるとすれば、俺の国では奴隷制度をなしにすることくらいか。

『うん、俺の国だ』

東の果ての刀の島に行くと決めた。

そして俺が最初の住人である。

建国を宣言するのも自由だし俺が法律を決める。

で、国の下地を作って余所から人をスカウトして国民とするわけだ。

種族は問わない。

ただし、犯罪者と差別主義者は入国禁止だ。

これでぼっち問題も解決である。

『たぶん……』

6　同情だけではなかった

「じゃあ、極東の島国で建国します」

行く場所も方針も決定。

そこに後悔など微塵もない。

もちろん反省などどする余地もない。

「そう決断するんじゃないかと思っていました」

ベリル様は嬉しそうにコクコクと頷いた。

「はあ」

「この選択はトラブルに巻き込まれる確率が格段に低いのです」

どうやら俺は正解を引き当てたようだ。

「それは良かった」

安堵する俺に――

「さすがは私の息子ですね」

思考停止ものの問題発言が投げかけられた。

「…………………………」
しばしの沈黙。
『ナニヲイッテイルノダロウ、コノメガミサマハ』
壊れたオルゴールのように同じ思考が繰り返される。
頭の回転が鈍化すると思考がカタカナ化して停滞気味にループするのは何故なのか。
とにかくループを離脱するために記憶の掘り起こしにかかった。
『ネテタ……
ゲキツウ……
クワレタ……』
片言になってるが続行する。
『ベリルサマガキタ……
ドウジョウサレタ……
ウマレカワッ……タ!!』
最後の単語で電流が体を走り抜けたのかと思うほど思考が急加速した。
『そうだよ、生まれ変わったんだよ!』
そのために欠損した魂と肉体の半分が補われた。
問題は補塡のために何を用いたのかだ。
それが最初から分かっていれば思考をカタカナ化させることもなかったはず。

いや、ベリル様の言葉から導き出された答えを知って動揺しないとは言い切れない。

『女神様の一部が俺と融合!?』

としか考えられないからだ。

でなきゃ息子呼ばわりはされないだろう。

心が氾濫した川のように動転する。

『静まれ、静まれ、静まれ、静まれ、静まれっ！』

「説明をお願いしたいのですが」

どうにか動揺をねじ伏せながら問いかけた。

「はい？」

可愛らしく小首を傾げるベリル様。

美人がそれをすると破壊力満点だ。

が、それを気にしている精神的余裕はない。

「息子とはどういうことでしょうか？」

「あら〜、説明してなかったかしら？」

『天然ボケかいっ』

思わずツッコミを入れたくなるほどの天然ぶりを披露してくれた。

「はい……」

物凄い脱力感を覚えながらも、どうにか返事をする。

「体や魂の欠損を補っていただいたとしか聞いていません。それが何を元にしていたのかなどの具体的な話は何も」

「やだっ、ホントに!?」

この反応から察するに失念していたのだろう。

「ごめんなさ～い」

軽いノリで謝られてしまった。

「ウッカリしてたわ」

『ニコニコしながら、そういうことを報告しないでほしい……』

たぶん、こちらが素のベリル様なのだろう。

当初の落ち着いた姿は謝罪と償いが念頭にあったからか。

正直、ぼっちの天敵とも言うべき苦手なタイプだ。

とにかく説明はしてもらえた。

俺の体と魂はベリル様の血を魔法で処理したもので補われたそうだ。

若返ったり外見が大幅に変わって上位種になったのも、それが原因であるという。

『俺の半分はベリル様の血でできている訳か』

息子と言い出すのも道理というものだ。

「それでね、私の世界でも唯一のエルダーヒューマンになってしまったの」

「えっ!?」

寝耳に水とはこのことか。

「人間の上位種は亜神に近い存在だから仕方ないんだけど」

「それにしたって俺だけですか？」

ツッコミどころ満載の追加情報である。

死なずに済んだのだから贅沢を言うつもりはない。

が、重要情報を後出しにするのは心臓によろしくないので勘弁してほしい。

「ハイエルフだとかエルダーフェアリーのように同格の種族はいるのよ」

「俺のように1人だけではないんですよね」

「そうねー、滅多に出てこないんだけど」

『シャレになってねー！』

レア種族よりレアな存在になってしまったようだ。

極めつけは女神様の息子という事実だろう。

『どっちも世間にバレたらヤバそうだ』

考えるだけで凹んでいく一方でベリル様が何故かウキウキしている。

「嬉しそうですね」

「だってハルトさんが私の初めての子供なんですもの」

「はあ、そうなんですか」

生返事になってしまったが独身だった俺では共感することは難しい感覚だと思う。

ベリル様は気にするどころか嬉しそうにあれこれと説明してくれたけどな。

その話によるとベリル様は一族の功績で神様になったそうだ。

年の近い血縁者だけだったため全員が未婚という珍しいケースなんだとか。

で、神になると子供をもうける機会がなくなるみたい。

そのため他の神との交流時に子供の話を聞かされて大変うらやましく思っていたそうだ。

それは良いのだが説明が終わったらベリル様に懇願されてしまった。

「島に行ったら寂しくなるから時々は連絡してね、ハルトさん」

本音を言えば一緒にいたいのだろうが、それは叶わぬ願いである。

短期間ならともかく常駐すると世界に良くない影響があるんだそうだ。

『某漫画のように女神様と同居という訳にはいかないって訳だな』

「分かりました」

初めての子供と離れればなれは可哀相だし。

たぶん連絡するのを面倒くさがったら一緒に島に住むとか言い出していたと思う。

それほどのプレッシャーを感じたさ。

問題はどうやって連絡するかだ。

そんなことを考えていたら――

「はい、これ」

ベリル様から薄く輝く板状のものを手渡された。

受け取るとスッと手の中に消えていく。

スキルの種を貰ったときの感覚と同じだ。

「何ですか、これ？」

「連絡手段よ」

その瞬間、俺の頭の中で見覚えのあるスマホが浮かび上がった。

「あ、俺のスマホだ」

「ちょっと違うわね。

見た目と操作方法だけ魔法で再現しているの」

まあ、でなきゃ視野範囲外にスマホが浮いていたりはしないよな。

試しにイメージだけで操作してみるが、自在に操作できた。

「おおっ」

ちょっと感動だ。

「これを使って電話なりメールなりすれば良いわけですか」

「そう、お願いね」

「分かりました」

アドレス帳を確認するとベリル様が登録されている。

あとはラソル様とルディア様だけ。

元のスマホだってプライベートの登録件数は約２名だったから寂しいとは思わないが。

それよりも登録内容の濃さに圧倒されるばかりだ。

俺の親だと言い張る女神様と眷属筆頭の両名。

連絡必須のベリル様はともかく後者の2人に電話するのは回避すべきだろう。

ラソル様はひたすら喋って解放してくれない気がするし。

ルディア様は用もなく電話するなと、ひたすら説教されそうだし。

そうなるとベリル様の連絡専用だろう。

『俺が使っていた乗り換え案内とか天気予報のアプリなんて使える訳ないだろうし』

もちろんインストールされていない。

代わりと言ってはなんだが、見覚えのないアプリがいくつかある。

「この倉庫管理って何をするアプリですか？」

「それはね〜」

ベリル様が何だか楽しそうだ。

「まずは開いてみて」

開くとフォルダーアイコンが並ぶメニューが表示された。

衣類、食品、住居、家具、武具などなどが並んでいる。

試しに衣類を選択してみたら『衣類セット』とか『革靴』などの表示が出てきた。

「これって何かの目録ですか？」

「さあ、どうでしょう」

ベリル様が楽しそうに答えをはぐらかす。
試しに革靴を選択してみるとイラスト付きのカードに表示が切り替わった。
『トレーディングカードみたいだな』
上に革靴のリアルなイラスト、下には数字や文字が並んでいる。
1／1という数値は在庫数のようだ。
所有者の欄には俺の名前が記載されていた。
そして備考欄には――
［管理神ベリルベルからの贈り物］
などの記述があった。
他もこんな感じなのだろう。
試しに閉じるボタンでメニューに戻り武具を確認してみた。
「は？」
目が点になったさ。
剣や槍などのフォルダーに分類されている中身の量が半端ではなかったから。
スクロールさせてもさせても延々と続く。
おおむね魔法の小剣とか魔法の片手剣といった名称ばかりだ。
『同じ名前が続くな』
カードのイラストを見れば形状や意匠が少しずつ違うのが分かる。

魔法の付与状態で性能差がある場合も分類されていた。
それでも単品のものは少なかったが。
そういうのは螺旋《らせん》回転剣とか竜鱗自在剣みたいな名前がついている。
『ドリルに蛇腹か……』
厨二臭がする剣は嫌いじゃない。
ちなみに槍や斧なども似たようなものだった。
『ここまでくると武器の卸問屋だな』
逆に防具系は少なめだ。
特に盾はほどんとない。
鎧は翼竜の革鎧ばかり。
『そんな簡単に入手できるものでもないだろうに』
カード表示させてみたものの比較対象がないに等しい。
『性能を数値で見せられてもなぁ……』
どの程度のものなのか実際に使ってみないことには判断のつけようがない。
諦めてメニューに戻ろうとしたんだが。
「ん？」
ふとカードの備考欄に意識が向いたのだが。
次の瞬間には怒濤の勢いで吹きそうになった。

「ちょっ……［魔神討伐の戦利品。浄化済み］ってなんですかっ!?」

慌てて確認してみれば、どの武器防具も同じであった。

「だって捨てるの勿体ないでしょう?」

『首を傾げながら不思議そうな表情で聞き返さないでくださいよっ』

内心でツッコミを入れたさ。

「瘴気は完全に消え去ってるから安心して」

『そういう問題でもありませんっ』

文言が不穏当すぎるのだ。

他人に知られたら大騒ぎである。

「そのせいで大半のアイテムから銘が消えてしまったんだけど」

『同じような名前が続いたのはそのせいか』

いや、いま追及すべきはそこじゃない。

「俺のことを息子だと言ってくれるなら自重してください。

トラブルの種になりそうなものを譲渡するのは問題大ありでしょう」

俺としては湧き上がるものを精一杯抑えたつもりだったが……

「だってレーヌは危険な所ばかりだし」

ベリル様の薄紫の瞳がウルウルと揺らめいている。

『ギャ――――――ッ！』

親バカ丸出しの過保護モードが緊急発動だ。

予想外にも程がある。

「分かりましたっ、分かりましたからっ！」

心の中で盛大に悲鳴を上げながら、必死の思いでなだめにかかる。

『泣くのは勘弁して――――――っ!!』

「本当に？」

捨てられた子犬を連想させる上目遣いで確認される。

「ありがたく頂戴させてもらいます」

後は死蔵するしかないだろう。

売り払うなど以ての外である。

「やったー」

子供のように諸手を挙げて喜ぶベリル様。

疲労感が津波のように押し寄せてきた気分だが、話は終わりではない。

「それで頂いたものはどこにあるんですか」

気を取り直して聞いてみた。

「カードをタップしてごらんなさい。

そうすれば普通に出てくるから」

「はい」

ベリル様の口振りからすると空間魔法で収納しているのだろう。
『どういう出現の仕方をするか分からないな』
だとすると武器や防具は選ばない方が良さそうだ。
俺は革靴のカードを選び出し、確かめてみることにした。
「おっ」
空間魔法の術式が自動で展開し発動。
すると指定した『革靴』が足元に出てくる。
同時にカードが半透明になった。
よく見れば［使用中］の赤スタンプが押され、在庫数が0／1になっている。
試しにメニューに戻ると革靴のテキストも赤文字になっていた。
革靴は足元に転がったままだ。
「収納するときはカードの隅にある矢印の描かれたボタンをタップしてね」
カードを確認してみると上向きのコの字に下向きの矢印が描かれたボタンがあった。
『格納ボタンってことか』
ポチッとボタンをタップすると再び空間魔法が発動。
今度は革靴が足元から消えた。
革靴が俺の亜空間領域に格納されたのも感覚で分かった。
いつの間にかプレゼントされていたようだ。

「なるほど、それで倉庫管理ですか」

つまり、俺が調子に乗って倉庫街と言えるほど拡張した亜空間を使いやすくするものだ。このアプリの補助がなくても出し入れは自由だが管理のしやすさは格別である。何が入ってるか分からなくなることが無くなるからな。

「便利でしょう」

ベリル様がドヤ顔をしている。

『まあ、それだけの性能はあるよな』

意識しなくてもアプリを使うだけで魔法が発動するし魔力の消耗も皆無だ。どう考えてもオーバースペックなんだが指摘はできない。

下手なことを言うと泣かれそうだし。

『ベリル様が同情から溺愛にシフトしてきているっぽいのがなぁ……』

7　その国の名は

極東の島の上空に来た。
本当に日本刀のように見える。
まあ、熱帯魚のような形の大陸と見比べると玩具《おもちゃ》っぽく感じてしまうのだが。
両極をのぞけば唯一の大陸だから、そこは仕方あるまい。
『そんなことより移住先のことを整理しよう』
環境的には日本に近いと言える島だ。
四季と火山がある。
もちろん温泉もね。
そして米が食えるとくれば最高だ。
ダンジョンは驚異度が低いものしかないみたいだし。
住みやすさは抜群ではなかろうか。
『この島は楽園だな。もしくは天国ってね』
俺がそんなことを考えていると――

「ハルトさんはどんな所に行きたいのかしら？」

ベリル様が声を掛けてきた。

「できる限り戌亥市と似通った風土の場所がいいですね」

「気候的な条件だったら南半分くらいになるかしら」

海流の影響などで北上しても冬以外は大きな差はないそうだが。

ますます日本っぽい。

「地勢的に言うと海に面していて川の近くが絶対条件よね」

「そうですね。後は低めの山が近くにあれば……」

理想的なんだが。

「山の幸も手に入るような場所がいいわよね」

「できることなら」

で、刀の峰の付け根部分に相当する場所に連れて来られた。

ここがベリル様のチョイスした移住の地のようだ。

刀の鍔のような出っ張りになっている半島のお陰か海は穏やか。

そして山々に囲まれていながらも広々とした場所である。

ひと目で気に入ってしまった。

それを感じ取ったのかスーッと降下していくベリル様。

『ハルト、大地に立つ……なんてな』

着地と同時にネタが思い浮かんだ。

が、まだ安住の地と決まった訳ではない。

はやる心をどうにか落ち着ける。

「ここは、どうかしら？」

見渡す限りの青い空、広い海、背後には緑に覆われた山々が連なっている。

俺たちが立っている平野部は山と海に囲まれている割には結構広い。

戌亥市よりも広いのは確実だ。

「理想的ですね。近くに火山もないようですし」

「だからといって油断しちゃダメよ。

災害は他にも色々あるんだから」

「はい」

「地震が来たら津波を警戒しなさい」

「はい」

「分かっていると思うけど台風の風は大きなものも当たり前に吹き飛ばすのよ」

「はい」

「ここは大きな川だから豪雨の時は氾濫に注意すること」

「はい」

「あと、温泉に行くなら火山の状態に気を付けなさい」

「はい」

先程から「はい」しか言えていない。

どれも当面は心配するレベルのものはないそうなんだが……

『ホント親バカになってしまったな、ベリル様』

超のつく過保護になってしまった気がする。

初めて親になったという実感がそうさせているんだろうけど。

『程々にしてもらわないとな』

今から振り回されそうで不安になる。

とはいえ何も分からぬ先々のことで頭を悩ませるなど杞憂でしかない。

俺はネガティブな発想に凝り固まった頭をリフレッシュさせるべく深呼吸した。

「んー、ここは空気が澄んでるなぁ」

そんなことを言うとベリル様にクスクスと笑われてしまった。

「ここだけじゃなくて惑星レーヌ全体がそうよ」

「おっと、そうでした」

こっちの世界には汚染物質なんて無いからな。

少し離れた所を流れている川の水も綺麗なものだ。

まあ、生水には気を付けないといけないだろうけど。

「こうして見ると大きい川ですね」

上から見下ろしていた時よりも川幅があるように感じる。

「この島の中では最大級の河川ですからね」

「これだけの流量があれば中核市規模になっても安心です」

人は水がなくては生きていけないからな。

30万人規模でも余裕で賄えるなら問題などあろうはずがない。

「役所勤めが長いとそういう目線で見るようになるのね」

またしても笑われた。

「いえ、気が早すぎました」

人脈がない上に、ぼっち状態からのスタートだというのに。

そもそも、ここは無人島である。

ゲームのように施設を配置したら人が住み着いたりなんてことはないのだ。

『街づくりSLGの前にサバイバルSLGだな』

リアルはゲームとは違うが、そういう遊び心は必要だろう。

脱ぼっちを目指して自由に生きようとしている俺には特にね。

そんなこんなを取り留めもなく考えていたらベリル様から呼びかけられた。

「ところでハルトさん」

「はい？」

「この島はまだ名前がありません」

「そうですね」

大陸東部は人跡未踏の地で西部の人間には認識されていないそうだし。

極東の無人島じゃ尚のことである。

なんにせよ建国するのに名無しじゃ拙い。

「俺が勝手に決めても良いのですか」

「ハルトさんが建国するのでしょう?」

「そうでした」

「名前は決まりそうですか」

「ミズホにします」

米好きだからね。

パンが嫌いというわけではない。

だが、米を用いた料理には至高のものが多いのもまた事実。

その筆頭はカレーライスだろう。

そして祖母直伝の自家製梅干しが入ったおにぎりは格別である。

他の具材でもおにぎりは旨いものが多い。

鮭、おかか、昆布、ツナマヨ、明太子、焼きたらこ、高菜、梅紫蘇などなど。

チャーハンやピラフにオムライスも好きだ。

カツ丼、天丼、親子丼も素晴らしい。

『丼物はすべて正義であると言うべきだな！』

寿司も外せない。

この国は海に囲まれているから寿司ネタには困らないはず。

『問題は酢がないことだが……。無いなら醸造してみせるさ！』

もちろん醤油もだ。

味噌は大豆を用意できれば祖母直伝の技があるからなんとかなる。

たぶん……

「あら、即決なんですね」

ベリル様が少し驚いている。

「米を主食の国にしたいですから」

ミズホは瑞穂、瑞々《みずみず》しい稲穂のことだ。

「なるほど」

ベリル様が微笑んだ。

「ちゃんとした由来があるのですね」

理解してもらえたようで嬉しい限りだ。

「この地に住むということで、いいですか？」

「はい、ここより住み良い場所もなさそうですし」

風土や風景も好ましいと感じる。

「では、ここが首都になりますね」

「はい」

当たり前のように返事をしたが、ちょっとドキッとした。

何にもないド田舎なせいで言われるまで気付かなかったからだ。

「それで、首都の名前はどうするのかしら？」

「ミズホシティにしようかと」

センスも捻《ひね》りもあったもんじゃない。

「あら、本当にお米が好きなのね」

などとベリル様には感心されたけど。

「この辺りは自生はしていないけど安心して。

米所としての条件は上々だから。

もちろん、お米も種籾《たねもみ》も倉庫に入れてあるわよ」

正直、やりすぎだと思うくらい至れり尽くせりである。

さすがに過保護すぎやしないだろうか。

そんな風に指摘したくなる自分を抑え込むため、俺は深々とお辞儀して誤魔化した。

「ありがとうございます」

「もう〜、悲しくなるから他人行儀にならないで」

『うっ』

ギクッとさせられたさ。

ベリル様の瞳がいつウルウルするかと冷や汗ものだったよ。

「余所余所しいと泣きたくなっちゃうじゃない。

これでも過保護にならないよう自重してるのよ」

『えっ!?』

驚きの声は何とか飲み込むことができた。

表情には出たかもしれないがギリギリセーフだと思いたい。

『まかり間違って泣かれたらかなわん』

それに時間のロスも大きくなるだろう。

日が暮れる前にやっておくべき事は終わらせておかないと。

「じゃあ、始めます」

「何を？」

ガクッと膝にきてしまった。

この天然女神様、ホントに疲れる。

「あら〜、大丈夫？」

誰のせいなのか半日は問い詰めたい気分だ。

面倒だし時間の無駄だからやんないけど。

「大丈夫です」

精神的疲労を感じつつヨロヨロの状態から踏ん張って姿勢を正した。
『さっさと作業に入ろう』
まずはイメージ。
思い描くは未来のミズホシティなんだが……
『ダメだ、日本の町並みしか想像できない』
この牧歌的な風景とはギャップがありすぎる。
徐々に発展させていくならともかく、いきなりでは違和感どころの話ではない。
『東京も昔は風光明媚な場所が多かったらしいしな』
今の発展ぶりからは信じがたいが。
『程々な街づくりか』
そんなことを考えて真っ先に思い浮かんだのは防災のことだ。
都市開発課で都市計画のことを多少かじったせいだろう。
地震、水害、火災などなど。
大事なのはバランス感覚と将来性。
これだけ広い場所だと慎重にならざるを得ない。
『ちぐはぐなことをすると都市機能が著しく低くなってしまうしな』
そこまで考えて、ふと我に返った。
人がいないのに都市を造ろうとしてどうするというのか。

『魔法を使っても何日かかることやら……』
日が暮れることを気にする以前の問題だった。
自分の間抜けさ加減に情けなくなってしまったさ。
国づくりは前途多難である。

8　つくってみた『家』

東の果ての島で建国から始める街づくり。
まるでラノベのタイトルのようだが、現実は甘くない。
ミズホ国という名前が決まっただけで何も始まってはいないからな。
『いきなり街づくりは飛躍しすぎだろ』
自分で自分にツッコミを入れてしまったさ。
街づくりより今晩のねぐらである。
『確か脳内スマホのアプリ［倉庫管理］に住居の項目があったはず』
例によって魔神討伐の戦利品である。
物があるなら利用しない手はない。
リストから『住居』を選択し内容を確認する。
「……………」
ひとつしかなかった。
いや、数は問題ではない。

問題は中身である。
『城塞って何だ!?』
疑問形にしてしまったが、城塞が何かは分かっている。
砦の機能を有した城だ。
そういうことではなくて……
『これしかないのかぁっ!?』
とにかくデカすぎる。
日本で住んでいた屋敷もそれなりに広かったが可愛いものだ。
こっちは城塞だからな。
中に入ったら迷う自信があるくらい桁違いにデカい。
そして百歩譲ってそこを許容したとしても、看過できない問題があった。
『グロすぎっ。禍々《まがまが》しいんだよ!』
外観を見ているだけで生きとし生けるものの苦悶のうめきが絶えず聞こえてきそうだ。
これで浄化されているのだから違和感は凄まじいものがある。
魔族の趣味は俺とは相容れないことが確定だ。
使えなくはないが使いたくはない。
使うなら徹底したデザインの変更が必要である。
『それ以前にデカすぎだ』

とにかく却下する他ない。
が、それだと使える住居が無い訳で。
テントすら無い現状は実に困ったものだ。
『まあ、テントがないのは当然か……
アウトドアライフを楽しむ魔族なんてシュールすぎて想像もつかんしな』
とにかく現実に目を向けるしかない。
『資材』の中のものを使えばテントの代用物くらいは即席で作れる。
それを仮住まいとして家を建てるのが建設的だろう。
魔法を使えば現代日本より遥かに早く家を建てられるはず。
『家だけなら今日中に建ててしまえそうな気がするな』
必要な材料さえあれば。
『資材』を確認していないから『住居』の二の舞も無いとは言えないが。
「…………」
確認してみたらリストに並んでいるのは金属系ばかり。
一瞬、目眩《めまい》を起こしそうになったさ。
スクロールさせたら他の物も並んでいたけどね。
『住居』の時と違って多すぎだ。
『もっと細かく分類できんのかね』

見づらくて鬱陶《うっとう》しいと思ったら瞬時にリスト項目が追加された。
しかも分類済みの状態でだ。
『脳内スマホ、融通利きすぎだろ!?』
なんにせよ不便が解消されるなら歓迎だ。
さっそく建築資材に適したものをチョイスしていこう。
真っ先に目にとまったのが……
『竜骨？』
恐竜の化石とかじゃなくて本物のドラゴンの骨ってことか。
頑丈そうだけど却下。
骨の家って何か馴染めそうにないからな。
そんな訳で俺が選択したのが竜檜《りゅうひのき》。
これしか材木がないから選びようがないとも言う。
変なものだと困るのでカードの説明書きを読んでみた。
［惑星レーヌ原産］
こちらの世界にしかないようだ。
［檜に分類される材木界のチート］
『なんだ、そりゃ!?』
［虫害や病気に強く耐火性や耐水性がある］

チートと言うぐらいだから、この程度は当然だろう。
［分厚い樹皮が木にあるまじき堅さで伐採が困難。
名前の由来は、あまりの堅さに竜の鱗のようだと言われたことによる］
なんて書かれているが、倉庫の中には唸《うな》るほど在庫がある。
［折れ割れに強く切断などもしづらい。
板バネにできるほどの粘り強さを持つ。
曲げ加工は復元力の強さから著しく困難。
建材にできれば緻密で反りが出ないが加工の困難さから知られていない］
『これ、もう木じゃないだろ』
竜の名がつくチート材木は伊達じゃなかった。
日曜大工が趣味だった祖父もさじを投げそうな代物だ。
なにしろ丸太の状態だから製材から始めないといけない。
『俺も日曜大工の経験はあるけどさ』
素人が製材とか無茶振りもいいところである。
『日本ならな』
だが、ここは魔法の世界だ。
『物理で無理なら魔法があるさ！』
魔法はイメージと魔力の連動である。

イメージさえしっかりしていれば呪文の詠唱は不要。
同じ魔法でも繰り返し使うとイメージが定着して色々と効率が上がる。
『練習でコツはつかんださ』
今こそ特訓の成果を披露する時。
『36年かけて鍛えた妄想力は伊達じゃない！』
うん、自慢するほどのことではない。
とにかく魔法で竜檜を粘土のようにこね回して変形させる。
『製材とかしてたら無駄に捨てる材料が多いからな』
勿体ないだけじゃなくて面倒だというのもあるが。
『だったら、いっそのこと一気に家へ変形させてしまうか』
工程が省略できて無駄も大幅に減らせる良いアイデアだ。
形は馴染みのある実家を複製することに決定。
デザインであれこれ考えずに済むし、何よりイメージしやすい。
外から見ると古いお屋敷だが中はリフォーム済みで設備は新しくて洋室だってある。
『俺だけ住むには無駄に広くて部屋が多すぎるけどな』
それでも城塞よりは遥かにマシであろう。
あと材料が竜檜だけだから、何もかもが木目調になりそうなのが微妙だ。
瓦屋根とか塗り壁とか違和感バリバリだと思う。

極めつけは畳だろう。
『チート材木でできた畳って……』
座ったら痛そうだ。
それらしい色にするだけじゃダメなようだ。
質感もどうにか再現してみよう。
最大の難関は透明なガラスかもしれない。
『すべては俺の妄想力しだいってことか』
問題は他にもある。
水道や排水設備がないことだ。
色と質感は上手くいかなくても我慢できなくはないだろう。
だが、こちらは生活の質に影響するため最大のネックになりかねない。
飲み水の確保は川があるし魔法も使えるからいいとして。
『トイレと風呂は汚水を排水するからなぁ』
垂れ流せば、まず臭いが問題になるだろう。
そして公衆衛生の問題へと発展するのは確実だ。
『どうにかして処理方法を考えないとな』
便器や浴槽に魔法をかけて自動的に処理させるとかだろうか。
『魔道具ってことになるな』

そういうのを作る練習はしていない。
ぶっつけ本番は不具合が出そうで避けたいところだ。
『最初は照明器具のように単純なものを試作して確かめるのが無難かもな』
上手くいくならエアコンとかも作ってみたい。
現状は快適な気候だが、この国には四季がある訳だし。
あとは冷蔵庫か。
保存性は亜空間倉庫の方が上だが冷やしたり凍らせたりできる訳じゃない。
アイスクリームとか食べたくなるときもあるはず。
『とはいえ、今はねぐらの確保が優先だ』
余分なものを作って魔力が枯渇したりしては本末転倒だ。
とにかく集中して竜檜の形を変えていくとしよう。
さっそく竜檜を粘土のイメージに置き換えていくのだが……
『むっ！』
粘土とは思えないほど強い抵抗を感じた。
竜檜が抗っているのか俺の固定観念が許さないのか。
あるいは両方か。
集中だ。
魔力を練り上げて竜檜に俺のイメージを押し付ける。

『抗うものを押し退けろ！』

「…ル……ん」

『常識をも覆すイメージを作り出せ！』

「待……さ…」

『想像力で現実を圧倒してやる！』

「……が…走……し……」

『魔法に不要な雑念を振り払えっ!!』

「……！」

次の瞬間、俺の体内で濃密に練り上げられた魔力が竜檜に作用したのが分かった。

俺の魔力は今や竜檜の中で拡散することなく濃密に練り上げられている。

『よしっ、魔法が発動を始めた！』

けれども、まだ竜檜の堅さが粘土のように変わっただけである。

望んだ効果を発揮させるためには明確に変形させるためのイメージが必要だ。

束石《つかいし》や壁の内側、屋根裏まで完全に網羅したものが。

本来なら施工のすべてを見届けてでもいない限りは不可能だろう。

が、俺の頭の中ではそれらが完璧に再現されていた。

『ならば後は完璧に再現するのみだ！』

積み上げられた竜檜の丸太が意志を持っているかのように形を変えていく。

ジワジワと空間を侵食するかのように変形を続ける竜檜。
俺が思念で指示する通りの形を質感を、そして色をも再現させる。
そのせいか思っていたよりも進捗《しんちょく》が遅い。
制御の困難さが集中を乱しそうになるからだ。
そして疲労も蓄積していく。
倦怠感は竜檜が変形を始めた頃からあったのだが。
事ここに至ると眠気さえ感じるようになっていた。
『くそっ、これ程とは……』
完全に計算外である。
が、ここまで来れば意地がある。
『とにかく家を完成させるんだ……』
俺はそれだけを念じ続けた。

9　目覚めたら女神様に叱られた

唐突に目が覚めた。
見覚えのある天井が視界に飛び込んでくる。
『なんてことだ！』
日本で読み漁《あさ》ったネット小説で定番の台詞がキャンセルされた。
俺の部屋だからだ。
現実とはなんと無慈悲で無情なのだろうか。
「知ってる天井だ」
意地になって言ってみた。
せっかく異世界に来たのだ。
しかも生まれ変わった今の俺は精神まで15歳の少年である。
36歳のオッサンでは困難な厨二くさい台詞で浪漫に浸りたい。
たとえ、そばに母を自称するベリル様がいても浪漫は羞恥心を超越する！
『……ウソです。ごめんなさい。超恥ずかしいです』

「バカなこと言ってないで反省しなさい」

枕元で椅子に座っているベリル様に叱られてしまった。

だけど、その表情は凄く心配そうだ。

『そんなに心配されるようなことをしたんだ』

確か魔法で家を作ろうとしていたと思うのだが。

最後の方で眠気を感じて、そこから先の記憶がない。

窓から差し込む光の具合からすると、今は朝のようだ。

『失神したのか』

で、そのまま目を覚まさず夜が明けたと。

心配される訳だ。

家が完成しているみたいだから魔法を暴走させた訳じゃないとは思うが。

とりあえずベッドの上で正座した。

「すみません。蓄積した疲労で気を失うとは思わなかったもので」

「ハルトくん、勘違いしているわね」

呆れたと言わんばかりにベリル様が頭を振った。

それに合わせてゆるふわの銀髪が揺れる。

「勘違いですか？」

そう言われても見当がつかない。

ベリル様が深く溜め息をついた。

「あんな無茶な魔法を使ったことが問題なの」

「へ？」

間抜け面をさらしながら、そう声を出すのが精一杯だった。

無茶な魔法なんて使った覚えがないからな。

やったことと言えば材料を用意して形を変えて家に仕上げるお手軽ＤＩＹだけだ。

街づくりの規模で魔法を使ったりはしていない。

「やっぱり自覚してなかったのね。その調子だと私が止めたのも気づいてなかったんでしょ」

心底呆れたと言わんばかりの視線が届く。

薄紫の瞳に映る俺の姿は一瞬の身震いを見せていた。

本気で叱られていると感じたからだ。

自然と姿勢を正してしまう。

「申し訳ございません。まったく気づきませんでした」

「まったく、もう」

ベリル様がプリプリと頬を膨らませて怒っている。

おっとりした雰囲気を持つ彼女らしく可愛い仕草だ。

お怒りのトーンは半減したようである。

にもかかわらず俺は落ち込んでいた。

役所の窓口で日々鍛えられていたと思っていたのだが。

どうも俺はガミガミ言われるより諭すように叱られる方が応えるらしい。

そして説教タイムが始まる。

「名前を呼んで止めたのよ」

呼ばれて気づかないなんて、よほどのことだ。

「待ちなさいと言ってもダメだったし」

覚えがない。

「魔法が暴走するって注意したのに」

そこまで言われていたなんて。

まるで周囲のことが目に入っていなかった訳だ。

いや、この場合は耳に届いていなかったと言うべきか。

「ダメって言ったのよ」

何度も制止の声が掛けられていたようだ。

俺にできるのはベッドの上で正座のまま拝聴することだけ。

「深く反省しております」

最後に土下座することしかできなかった。

「本当に心配したんだからね」

「ハイ……」

過ちは繰り返すなと元オッサンが心の中で呟《つぶや》いておこう。
そのためには知っておかねばならないことがある。
俺は土下座から頭を上げて正座に戻った。
「それでですね、具体的に何が良くなかったのか教えてください」
何が悪かったのかを知らずして本当の反省にはなるまい。
薄紫の瞳でジッと見つめられる。
一瞬で気圧されそうになったが目は逸らさない。
自分が口にした反省の言葉が軽いものになってしまうと思ったからだ。
「…………………………………………………………………」
どのくらいの時間がたっただろうか。
ベリル様が軽く息を吐き出した。
「いいわ。
本当に反省する気があるみたいだし、教訓になさい」
「はい」
「まずは錬成魔法そのものね。
あの規模で複雑な制御をしようとするなんて……」
最初からダメだったようだ。
「当時のハルトくんでは自殺行為だったのよ。

失敗していたら辺り一帯を完全に消滅させていたわ」

どうやら暴走と紙一重だったらしい。

「犬小屋を作るのとは訳が違うんだから」

要するに俺の実力では、本来はそれが精一杯だったのだろう。

それを複雑な形にして質感も色も変更するとか要求が無茶すぎる。

「無灯火の自動車で夜の高速道路を逆走するよりシビアだと言えば分かるかしら」

『奇跡が多重連鎖しないと生き残れませんが!?』

ベリル様が止めようとする訳だ。

せっかく生まれ変わったのに数日で死亡とかアホすぎる。

「それから尋常じゃないほど魔力を消費していたのよ」

『燃費が悪い錬成魔法でバカみたいにあれもこれも実現させようとしていたからなぁ』

膨大な魔力が必要になって当然である。

「普通なら魔力が枯渇して途中でキャンセルされていたんだけど」

それなら魔法も暴走せずに終わっていただろう。

だが、終わらなかった。

「枯渇しているのに無理やり魔力を引き出すような形になっていたわ」

「うっ」

思わず呻《うめ》き声が漏れてしまった。

『それはヤバすぎる』

「ハルトくんが極限まで魔力を練り上げていたせいよ。この制御が失敗していたら、あっと言う間に干涸《ひか》らびていたんだから」

『やっぱり……』

半分ゾンビ状態で死にかけたのに次はミイラとかシャレにならん。

やりすぎましたスミマセンのレベルじゃないっての。

改めて次からは無茶な行動を慎もうと思った。

『ただなぁ……』

何故か次は失敗しないという根拠のない自信のようなものがあるのだ。

ヤバいと骨身にしみたからこそ肝に銘じているはずなのに。

『絶対、同じことにならないと確信できるのは何故なんだ？』

自分でもよく分からずに首を捻ってしまう。

「その様子だと気づいたみたいね」

ベリル様は何か知っているようだ。

「何にでしょう？」

「自分の変化によ」

「確かに錬成魔法を使う前とは何か違う気がしますが」

そう返事をするとベリル様が見覚えのある姿見を出してきた。

ベッドや椅子と同じく家にあったやつだ。
「これで確認なさい」
無茶した代償が外見にも現れているのだろう。
見るのに覚悟がいりそうである。
『ゲッソリ痩せ細ってたりとかして』
失敗したら干涸らびていたというのであれば、あり得る話だ。
できることなら見たくないと本能が拒否するのか視線が鏡からそれてしまう。
それでも見ない訳にはいかないので俺はベッドから下りた。
そして姿見の前に立ち、意を決して正面を見た。
「なんじゃ、こりゃあ――――!?」
『誰だよっ、このイケメン!?』
別にナルシストになった訳でも冗談を言っている訳でもない。
目の前にいたのは自分の面影を更に薄くした別人だった。
知り合いに写真を見せても俺とは分からないだろう。
『詐欺的なまでに画像加工したも同然だからな』
飛賀春人だった頃の野暮ったさを感じさせるフツメンの残滓《ざんし》など微塵も残っていない。
髪もベリル様とお揃いの銀髪になってしまったし。
『生まれ変わってさえ黒髪だったのに』

しかも短髪だったはずが、たった一晩で肩近くまで伸びている。

ベリル様の面影がより強く上書きされた感じだろうか。

『いや……』

ひとつベリル様と違う点を見つけてしまった。

瞳の色がまるで違う。

濃紺に銀が混じったような不思議な色は俺のものでもベリル様のものでもない。

「これが無茶した反動よ。異世界転移の時より負荷がかかっていたと言えば想像がつくかしら」

「そんなにですか!?」

「いくら魂が体に馴染んだと言っても完全に定着したわけじゃなかったわ。

今回の魔法で強引に定着してしまったけれど、一歩間違えば死んでいたのよ」

『シャレになってねー』

冷や汗が出てくるどころか背筋が凍り付きそうだ。

「異世界転移の方がまだ安全だったのよ。

外的な衝撃だから緩和するのは難しくなかったわ」

車のシートベルトやエアバッグを連想した。

おそらくだが、そう掛け離れたものではないと思われる。

「でも、ハルトくんの魔法は内的な衝撃だったの」

『動脈瘤が破裂する感じか？』

そういうのとは違う気がする。
定着したそうだし魂がらみの衝撃なんだろう。
衝撃が反対に作用していれば幽体離脱で戻れなくなっていたのかもしれない。
『それはシートベルトでもエアバッグでも防げないよな』
「下手に私が手を出すと、存在が消えてしまう可能性もあったのよ」
『うわぁ……』

10　スキルと年齢詐称？

「ひとつ質問があります」

「瞳の色ね」

「はい」

俺の疑問は聞く前から見抜かれていた。

「髪の色が変わったことと理由は同じよ。

錬成魔法の無茶で魂の定着が強引に行われたのは分かったわよね」

「ええ、まあ……」

どうやら、そのことと関連があるようだ。

「その際に肉体の方にも変化があったの。

高濃度の魔力によって進化した細胞が活性化したのよ」

だとしても瞳の色がベリル様と異なる状態になるとは思えないのだが。

その考えは困惑となって顔に出ていたようだ。

「私の瞳は管理神になった時にこの色に変化したのよ。

神格を得るとみんな瞳の色が薄紫になるの。

だから、その瞳の色は間違いなく私のものを受け継いでいるわ」

「そうだったんですか」

安堵の溜め息が漏れ出ていた。

だが、些《いささ》かタイミングが早すぎたようだ。

「でも髪の長さは錬成魔法の無茶とは関係ないわよ」

「はい？」

「脳内スマホで日付を確認してみなさい」

錬成魔法を使ったのは昨日のはずだが何があるというのだろうか。

「はあ」

生返事をしながら日付を見る。

そして目が釘付けとなり――

「…………………………………」

俺は言葉を失った。

「あれから1年たっているのよ」

コクコクと頷くことしかできない。

1年が日本の1日に相当しますなんてオチはない。

そっくりそのままではないが地球に近いと言えるだろう。

こちらの1年は360日だ。
が、時間的なズレがあって地球の1年とほぼ同じだという。
厳密に言えば向こうの4年間の平均値の方が更に差が少なくなる。
そんな訳で、こちらには閏年《うるうどし》がない。
他は驚くほど似ている。
1年を12等分して月をカウントするのも曜日や時間のルールも同じ。
1秒の長さが微妙に長いけど。
こんなことを頭の中で復習して現実逃避するくらいには衝撃を受けていた。
どうにか動揺を静める。
「もしかして付きっ切りだったんですか?」
言っておいて、それはないと思う。
管理神であるベリル様がそこまで暇なんてことはないだろう。
「ずっとじゃないわ。何度か様子を見に来たけど」
やはり思った通りである。
目覚めたときからベリル様はいたが偶然とは考えにくい。
予兆を感じ取ってから様子を見に来たのだろう。
「留守にする間は結界を張って私以外は誰も入れないようにしていたのよ」
無防備な俺を守ってくれていた訳だ。

「すみません。ご迷惑をおかけしました」

改めて詫びるために頭を下げた。

「いいのよ。ちゃんと反省してるんだもの」

そんなことを言われながら頭をなでられた。

いくら生まれ変わって思春期後半の少年になったとはいえ小さい子扱いは恥ずかしい。

問題は逃れようとすると反省していないとか言われそうなことだ。

我慢するしかあるまい。

「…………………………………………………………」

ナデナデはあまりにも長く続いた。

羞恥心の海に溺れるかと思ったくらいだ。

「あ、そうだ」

不意に思いだしたことがある。

解決しておかなければならない問題だ。

「どうしたの?」

「根拠のない自信がどうしても消えてくれないんですけど」

正直に白状して俺はベリル様にアドバイスを求めた。

「とりあえず、表示設定オンって言ってごらんなさい」

「はあ……」

唐突すぎて訳が分からない。

「表示設定オン」

戸惑いつつも従った瞬間――

［レベルアップしました］した］した］した］した］した］した］した］した］……

［スキルを取得しました］た］た］た］た］た］た］た］た］た］た］……

［スキルの熟練度が上がりました］］］］］］］］］］］……

［スキルポイントを獲得しました］］］］］］］］］］］……

視野外の領域を埋め尽くしていく情報の奔流。

「なんだこれぇっ!?」

メッセージボックスが埋もれるように次々と表示されていく様は津波のようだった。

『ギュウギュウ詰めだ』

途方に暮れる。

『これ全部、確認ボタンを押さなきゃならんのか？』

メッセージを確認しながらだとシャレにならんくらい膨大な時間がかかりそうだ。

面倒とかいうレベルではない。

『せめて、もっと見やすくならんかね』

内心で愚痴りながら、とりあえずひとつ目のボタンを押すと急に表示が変わった。

うんざりするほどあったメッセージボックスが一瞬で消え去ったのだ。

代わりに俺が思い描いた通りに整理された状態の表示に変更された。
使い慣れた表計算ソフト風である。
俺の思考に合わせてカスタマイズできるようだ。
『スゲー、どうなってるんだ？』
［スキル【諸法の理】の仕様です］
今度はテキストエディタ風の画面が開いてメッセージが表示された。
『何だ、その妙な名前のスキルはっ？』
改行して次の行に回答が表示された。
［神級スキルのひとつです。
特級スキルの【システム・ヘルプ・チュートリアル】などが統合されたものです］
『いちいちツッコミが入るのか』
微妙にウザい。
［ありがとうございます］
『褒めてねえっての。もう少し空気を読め』
俺の思い通りにできるなら、これで静かになるはずだ。
「…………」
エディタ画面上に返事がない。
【諸法の理】とかいうスキルは俺の推測通りに自重した。

この調子だと過去ログも保存しておけそうだ。
『そのあたりどうなんだ？』
空気を読むなら【諸法の理】とやらは融通を利かせて返事をするはずだ。
［スキルの仕様に含まれています］
思った通りに動作してくれた。
続いて表計算の方に意識を向ける。
スキル関連のメッセージのみ表示させてみたが無駄な情報がやたらと多い。
［統合条件に達したのでスキル【○○】を取得しました。
以下のスキルの上位互換として使用可能となります］
こんなのはスキル名と分類と互換の情報だけ表示すれば充分だ。
『せっかく表計算風になったんだし並べ替えとかもしてほしいところだよな』
そう思ったら、またしても一瞬で完了していた。
『さすが神級スキル』
便利すぎて怖いくらいだ。
綺麗に分類されて見やすくなると不穏な分類のスキルが目につくようになった。
『【諸法の理】以外に神級スキルが3個もあるじゃないか!?』
それぞれ【万象の匠】【天眼】【多重思考】だってさ。
特級以上もそこそこある。

【魔導の極み】とか【超空間】のような名前からして凄そうなのばかりだ。
【剛健】と【時計】のように上級スキルは山ほどあるし。
最下位の一般スキルは生まれ変わる前に持ってたと思しきものも多い。
『もしかしてスキルの取得は思ってたほど難しくないのか？』
【剣術】は中学時代の部活で剣道部だった頃に得たっぽい。
【格闘】は中高の体育の授業でやった柔道か。
高校の部活で自衛隊勤務のOBに仕込まれた分も含まれていそうだ。
ちなみに高校の部活はサバイバルゲーム同好会。
通称、サバゲ同好会である。
そのせいか【槍術】とか【射撃】まである。
『銃剣道は【槍術】に含まれるのか……』
勉強系のもあるんだろうなと抽出してみたら、上級に【学問】がありましたよ。
どうやら検索もできるようだ。
『ならば【鑑定】スキルは、どうだ？』
検索すると2件ヒットした。
結果を確認すると【天眼】【鑑定】とある。
ただし【鑑定】はグレー表示だ。
『答えろ。どういうことだ？』

［スキル【鑑定】は他の視覚系スキルと共に【天眼】に統合されました。
【鑑定】もそのまま利用可能ですが、その場合は【天眼】を経由します。
タイムラグを発生させず利用したい場合は【天眼・鑑定】を用いてください］
『なるほどね』
試しに自分に対して【鑑定】と【天眼・鑑定】を同時に使ってみた。
結果は表計算のシートを増やして表示させる。
確かに【天眼・鑑定】の方が速い。
『ん？』
ふと、表示させた結果に違和感を覚えた。
気になったので詳細を確認してみる。
［ハルト・ヒガ／人間種・エルダーヒューマン／ミズホ国君主／男／1歳——］
名前は生まれ変わったんだから納得できる。
職業欄が国の君主ってのも建国したからな。
国民は俺1人だけど。
だが、決して看過できない情報がある。
『1歳ってなんだよっ!?』
15歳相当で生まれ変わって1年間眠ってたんだから16歳だと思うのが普通だろ。
生まれ変わったから0歳からカウントなんて冗談じゃない。

『誰だっ、16歳で赤ちゃんプレイ（笑）とか言ってる奴は!?』

とにかく1歳は絶対拒否だ！

強く拒否を念じて再び【天眼・鑑定】を使ってみた。

が、結果は変わらなかった。

脳内で管理する情報なら好きに変更できても肉体情報は変えられないらしい。

こんなの、どうにかできるのは神様だけだろう。

『神様っ！　俺をリアル16歳にしてください!!』

自棄クソの心境である。

だが、よくよく考えたらすぐ側に神様はいたのだ。

ベリル様である。

「というわけでベリル様、俺を16歳にしてください」

「はい？」

まるで紅茶好きの警部殿のようなイントネーションで聞き返される。

さすがに唐突すぎたので一から説明する。

「――という訳で俺を16歳にしてください」

斯《か》く斯《か》く然々《しかじか》でと説明したらベリル様は目を丸くして驚いていた。

「あらー、ウッカリしてたわ」

『神様がウッカリするって怖いんですけど？』

「ハルトくん」

「はい」

「お誕生日おめでとう」

筋金入りの天然ぶりにガックリきましたよ、ええ。

「ありがとうございます」

どうにか気を取り直す。

「誕生日のプレゼントは現在の年齢を見た目と一致するようにしてほしいです」

俺は辛抱強く再び説明した。

「え？　そうなの？」

リアル年齢が1歳だということを強調したのは言うまでもない。

「やだっ、ごめんなさい！」

ベリル様が慌てて謝ってくれた。

「ウッカリさんだったわね」

連続してウッカリされるのは勘弁してほしい。

「これは問題よね。うーん、どうしようかしら」

そう言いながらベリル様は考え込み始めてしまった。

『もしかして神様でも無理なの!?』

シャレにならないんですけど。

『嘘だと言ってよ、ベリル様！』

11　レベルと称号が……

「じゃあ、ハルトくんは記憶喪失ね」

「は？」

間抜け面をさらして聞いてしまう。

「ある日、この島に流れ着きましたが、それ以前のことは思い出すことができません」

唐突すぎてついていけない。

「どういうことですか？」

「そういう設定ということよ。

異世界から来たなんて誰にも言えないでしょ」

そう言われて納得がいった。

出自や生い立ちを聞かれたときの対策になりそうだ。

「要するに余所でボロを出さないで済むということですね」

「察しが良くて助かるわ。だけど、それだけじゃないの」

「はあ……」

「あまりいないけど、スキルや魔法で嘘を感知することができるのよ」

「嘘発見器みたいですね」

機械じゃなくて能力的なものだが。

「一般的ではないけど、そういう魔道具もあるわね。いずれにしても精度はそんなに高くはないはずだけど」

「そうですか」

それもあって先程の設定なのだろう。

その程度で誤魔化せるなら確かに精度は高くなさそうだ。

ちょっと安心した。

「油断しちゃダメよ、ハルトくん。それを使われたらどうなるかという危機感を持ちなさい」

「はい」

返事をしたはいいが、俺のリアル年齢の話はどうなったのだろう。

そう思って【天眼・鑑定】を使ってみた。

「おおっ！」

思わず声が出る。

［ハルト・ヒガ／人間種・エルダーヒューマン／ミズホ国君主／男／16歳／――］

ちゃんと16歳になっていた。

「やったあ！」

子供っぽい喜び方をしてしまった。

外見だけじゃなく心の方も生まれ変わった影響があるらしい。

「ありがとう、ベリル様」

生まれ変わる前に枯れてきたと感じていたことが嘘のようだ。

「喜んでもらえて何よりなんだけど、レベルは確認したかしら」

「へ？」

言われて初めて年齢以降の欄に目が行った。

［――／16歳／レベル１０２４／――］

「えええええええぇぇぇぇぇぇぇぇぇぇぇぇぇぇぇぇぇぇっ!?」

生まれ変わった直後はレベル１だったはずだ。

魔法の練習で多少レベルアップしたそうだけど、これは多少では済まない。

「これが現実よ」

そんなことを言われても実感が湧かないんですが。

「頑張れば誰でもこのレベルになれたりは……」

「そんな訳ないでしょ」

「ですよねー」

「人類最高レベルなのよ」

「じんっ!?」

「次点の人で300未満ね」

「さんっ!?」

「昔の人なんだけど彼女も例外中の例外だったわね」

過去最高の3倍を超えていますよ。

これが速度差なら赤い機体に乗る仮面の人を名乗れそうだけど。

「現役最高は確か100を超えたくらいだったかしら」

『3倍どころか10倍の開きっ!?』

「いま、レベル100を超える人は1人しかいないわよ」

絶望を感じるような差が更に強調される。

「一般人だと高くてもレベル10台後半くらいなのよ」

不意に空飛ぶ赤マントの超人が思い浮かんだ。

たぶん常人とはそれ以上の開きがあると思う。

根拠のない自信も然《さ》もありなんというものだ。

「冒険者のボリュームゾーンがだいたいレベル15から30の間ね」

『その倍くらいのレベルだと思っていました』

とは言えずにいると、追い打ちが来た。

「レベル40を超えると別格視されるみたい。

このレベルになる前に引退する人達がほとんどよ」

高レベル冒険者が圧倒的に少ないのは年齢的な問題もあるようだ。

「一般の人達の認識ではレベル80くらいで英雄と言われるようになるわね」

『何も言えねぇー』

4桁レベルって知られた途端に化け物どころか災害扱いされそうだ。

街に近寄っただけで騒動になったりとかな。

住人が避難したり一斉に戸締まりして引きこもったりなんてありそうで怖い。

『だとしたら真性ぼっちになるのは間違いなしだろ』

ならば、こうなった原因を知っておいた方が良さそうだ。

「何故そこまで急激にレベルアップしたんですか？」

「いくつかの要因が重なり合ってのことよ。

大きな要因は間違いなく例の魔法なんだけど」

家を作った錬成魔法がメインの理由みたいだ。

『桁違いの無茶をしたってことか』

「でも、あの魔法だけではこうはならなかったのよ」

最初に前置きしてるくらいだから他にも要因があるのは当然だな。

「最初にレベルアップした時のことを覚えてるかしら」

「魔法の練習をしている時の話ですよね」

「あの時に特殊なスキルを取得していたの」

ピンとこないが何だろう？

「【才能の坩堝《るつぼ》】という特級スキルなんだけどね。

このスキルって経験値や熟練度がとても入りやすくなるの」

「特級スキルですかー」

イマイチ実感が湧かない。

「これは実質的に神級スキルと言っても過言じゃないものよ。

熟練度の上昇率が神級ほどじゃなかったから特級とされたの。

このスキルの熟練度が低い状態でも数倍以上の効率があるわ」

「うわぁ……」

どう考えても、ぶっ壊れスキルである。

嫌な予感がして確認してみたら――

「あの、熟練度がＭＡＸなんですけど……」

ちなみに熟練度のカウント上限は99。

ＭＡＸは実質的に１００以上ってことだ。

そのスキルで保証される範囲の行動ではミスをしなくなるらしい。

傍目には神業に見えるってやつだな。

更にスキルで保証されないグレーゾーンの壁を越えると上位のスキルへ移行する。

「無茶な錬成魔法の影響ね。魔法発動中にスキルの熟練度が上がっていったの。その影響であり得ない速さでレベルが上がったわ」

桁違いも甚だしいほどの経験値を得たらしい。

具体的な値は見当もつかないが。

「ステータスが上がり続けるから倒れずに済んだのよ」

『レベルアップが消耗を上回るって……』

「相乗効果で熟練度もレベルも上がり続けたってことですか」

「そうよ、普通は魔法の行使中にレベルアップとかしないんだから」

つまりはレベルアップの回数だけ危険な状態に陥りかけていた訳だ。

レベル１０２４に至るまでの綱渡り。

『際どすぎるだろ……』

「反動で1年間も眠り続けたこと、努々《ゆめゆめ》忘れてはダメよ。

クドいようだけど制御し切れたのは本当に驚きなんだから」

「はい……」

クドいとは思わない。

それどころか今更ながらに背筋が凍り付くような思いを味わってます。

「超越した妄想力と言わざるを得ないわね」

嘆息しながらベリル様はそう言った。

「えっと……、ありがとうございます？」

『褒められているんだか貶《けな》されているんだか……』

まあ、褒められているということにしておこう。

ぼっちの特技も異世界だと捨てたもんじゃないってことで。

『魔法の使える世界はぼっちにとっちゃ天国かもな』

そう思ってたら、レベル表示の後に続く称号の欄でそういうのがあった。

時系列で表示されているようなので順に見ていくことにする。

[――／妄想の鉄人・乗り物マニア・犯罪者キラー・魂の友誼《ゆうぎ》を結びし者・心の放浪者]

この次が［死に損ない］だから、ここまでが生まれ変わる前の称号だろう。

『生まれ変わる前から5個も称号があったのか』

新しいのは倍以上あるけどね。

切り替わったのが2個あることを考慮に入れても一気に増えすぎだ。

『こんな簡単に称号なんてつくものなのか？』

［心の放浪者］なんて称号にする必要があったのかと問い詰めたいくらいだ。

職場での人目を気にして旅行の計画を立てても行かずじまいだったたってだけなのに。

そりゃあ数回に1回しか行かなかったから条件は満たしているんだろうけどさ。

そしてインパクトの強い神様がらみの称号が続く。

［女神に同情された男・女神の息子・女神に祝福されし者（前：禍福の人）・亜神の友］

ひとつは切り替えだが4個ですよ。
ちゃっかりラソル様たちに友達認定されててトラブルの予感がするし。
そして、ぼっちがらみの称号ですよ。
[ぼっちの道を歩む者（前：チョイぼっちオヤジ）・建国王]
生まれ変わる前は選択ぼっち。
生まれ変わってもぼっちで王様。
『この先もぼっちだったら建国した意味ねー』
考えれば考えるほど落ち込みそうだ。
次だ、次！
[自重知らず・暴走魔導師・スキルマニア・魔導を極めし者・超越者]
これで打ち止めだけど最後まで俺の精神をガリガリと削ってくれる。
暴走した果てに魔導を極めるとか嫌すぎるだろ。
『どうしてこうなった』
酒場で愚痴ったら「坊やだからさ」なんて言われそうだ。
16歳の若造だから反論できないけどね。

12　神様のためのラベルでした

レベルがあの錬成魔法のせいだというのは理解した。

『納得はしたくないけどね』

「称号も凄いことになっている気がするんですが……」

できれば、普通にあることだから気にしなくていいという返事が欲しい。

ほぼ無理だという思いがあるが故に俺の言葉も尻すぼみになっていく。

「ごめんなさいね」

ベリル様が困ったような笑みを見せた。

「それもハルトくんが呪いにかけられていた件と関係しているの」

想定外の話に俺、呆然。

どうやら特殊事例のようだ。

呪いを受けた人間がありふれているなら話は別だが。

「つまり、俺みたいに称号の多い人間って少ないんですね」

「ええ、その若さでは他の世界を見渡しても皆無じゃないかしら」

予想通りの事実に俺、愕然。

『意地でも隠蔽系のスキルを取るしかないな』

ただ、今はベリル様との話を優先すべきだろう。

上の空で話をする訳にはいかない。

「それって理由があってのことですよね」

「ええ、でなければこんな事態にはならなかったわ」

ベリル様が溜め息をついた。

そして小さく頷く。

「知りたいわよね」

「はい」

「すべては話せないわよ」

「分かりました。それで構いません」

少し重くなった雰囲気に俺も神妙に頷く。

「ハルトくんが魔力を吸収されていた話をしたわよね」

呪われてなおかつ神様にさえバレないように偽装されていたという質《たち》の悪い話だった。

「あれはね、そのためにハルトくんの中にとある欠片が埋め込まれていたの」

「そう言われましても……」

そんな自覚はない。

「欠片と言っても実体のあるものじゃないのよ。霊的な存在がハルトくんの魂に入り込んでいたと考えればいいわ」

「それは……」

自覚がなくて当然かどうかも分からない。

「欠片はね、実際は暴走した神の残骸なの」

「っ!?」

「その神はね、とても優秀だったの」

『優秀で暴走って？』

そんなことがあり得るのかと思ったが黙って話を聞く。

「私が管理している程度の世界ならいくつも同時に管理できたわ」

何となく先が読めた。

似たような事例を知っていたからだ。

「その神様って、度を超した量の仕事を振られて自滅したんじゃないですか？」

神経質で完璧主義なタイプが陥りやすいパターンだ。

なまじ仕事ができるから手抜きしたり誰かに任せたりできないんだよな。

「あら、よく分かったわね」

ベリル様が軽い驚きを見せた。

「似たようなタイプの人を知っているので」

俺がそう言うと、苦笑しながらも頷かれた。

「その神は許容しきれない仕事量を無理に回そうとしてミスを連発したの」

ますます知っている奴に似ている。

そいつは頭が良すぎたせいか精神の均衡を保てなくなったんだけど。

「そんな自分を許せずに更にミスを重ねて最終的には発狂したわ」

完璧主義で自信があるからこそ、そういう結論になってしまうのだろう。

『ガラスの天才だな』

大学時代の奴とそっくりだ。

そいつと面識はなかったが学内に知らない者はいないほどの有名人だった。

首席の成績を修めながらも奇異な行動が多かったからだろう。

奇行の巻き添えで被害を受ける人が少なくなかったしな。

精神的に病んでいたようで奇声を発するくらいは日常茶飯事。

見た目は病的に痩せていて青白い肌をした陰気で余裕が感じられない男だった。

病院通いもしていたそうだが、最終的には大学を辞めて引きこもったと聞き及んでいる。

「最後に魔力を暴走させて管轄下とその近隣の世界のいくつかを巻き込んで自爆したわ」

「うわぁ……」

奴の奇行を想起させてくれる末路だ。

引きこもり後の奴のことは知らないので末路が一致するかは不明だが。

何にせよ、この神様の方が圧倒的に被害規模が大きいけどな。

「自爆した残骸が欠片ということですか」

「ええ、そうなるわね」

「欠片といえど元は神様の一部だったんですよね。人間が受け止めて平気でいられるものなんですか？」

「影響がないように呪いと同時に保護の魔法もかけられていたのよ」

「そういうことですか」

俺から魔力を吸い上げるのが目的だったみたいだし頷ける話だ。

あとはそこから称号とどう繋がるか。

「この欠片がハルトくんに称号がつきやすくなった原因よ」

いよいよ待ち望んだ答えらしい。

「称号はね、私たちにとってラベルのようなものなの」

「ラベルですか」

そう言われてもピンとこない。

「ええ、他の世界の神が眷属候補を手早く検索するためのものよ」

なんとなくメモ書きした付箋を貼り付けるところを想像した。

「他の神様にスカウトされることもあるということですか」

「ええ、称号やそこに込められた情報で求めている人材を探すの」

「つまり俺はいろんな神様に着目されていると？」

付箋だらけで目立つもんな。

「そうだけど、大丈夫。私の息子だからスカウトはされないわ」

『スカウトされなくてもねぇ……』

見られる機会が多いことに代わりはない。

下手なことをすればベリル様に恥をかかせてしまうってことだ。

『少しも安心できねーっ』

「ハルトくんにはずっと欠片が付いた状態だったでしょ。

あれって管理神が付きっ切りで側にいるのに等しいのよね。

そうなると事あるごとに称号がついてしまうようになるの」

『まるでマンツーマンの家庭教師だな』

我ながら上手いと思った。

欠片は付きっ切りの状態だから相手の細かなところまで把握するしな。

対して管理神は塾の講師だ。

目立つ生徒は注目して他の講師と情報を共有するって感じだな。

「神様が側にいると称号がつきやすくなるということですか？」

「そう、私達が称号をつけるんじゃなくて管理システムの自動制御なんだけどね」

『重要な情報がサラッと出てきたな』

ありがたいけど。

「自動だから欠片が神様と同一であると誤って判定されてしまった訳ですか」

「ええ、そうよ」

疑問はまだある。

「では欠片のせいで付いた称号で俺は注目されなかったのですか？」

問題はそこだ。

称号が注目を集めるものであるなら神様が気付かないのはおかしい。

「詳細は言えないけれど、そこが偽装されていたのよ」

『セキュリティに関わる情報ってことか』

欠片が無くなった今、何が何でも知りたいことでもない。

重要なのは――

「では、今後は簡単に称号がつくことはないと考えて良いのでしょうか」

ということだ。

「ごめんなさい」

謝られてしまった。

「ハルトくんの場合はちょっと特殊なの」

激しく嫌な予感がする。

「実は私が側にいる影響がないようにしてハルトくんの所に来たはずなのよ」

それでも称号はついている。

「別の原因がある訳ですか」

「そうね、実はハルトくん自身に問題ができてしまったの」

「あの称号だ……」

ピンときたせいで思わず呟いていた。

「気付いたようね」

「［女神の息子］ですか」

「ええ、その称号が影響しているの」

ガックリだ。

「本当にごめんなさい」

「いえ、しょうがないですよ」

初めて子供ができたと喜んでいた訳だし責めることはできないだろう。

「はあ……」

思わず溜め息が漏れた。

一生このままかと思うと憂鬱にもなる。

「あ、大丈夫よ。気づいてからは称号がつきにくくなるようにしておいたから」

俺の脱力っぷりにベリル様は慌ててフォローしてきた。

そういう情報は先に言ってほしい。

「助かります」

つきにくく、という部分に一抹の不安を感じるけど。

「本当にごめんなさいね」

「俺の方こそグチグチと申し訳ありません」

「いいえ、私の後始末が不充分だったのだから責められて当然だわ」

確かに再会の約束は守れなかったことを思うと心残りが無いとは言えない。

だが、そのことでベリル様を責めようとは思わない。

唐突な永遠の別れは初めてって訳じゃないしな。

それに思い出が俺の中から消える訳でもない。

「ここまでにしておきましょう。俺としては自分の母親が謝り続けるなんて嫌ですから」

「え?」

ベリル様が訳が分からないと言いたげな表情をした。

『癒やし系の美人さんがポカーンとしているのは絵になるなぁ』

などと暖気《のんき》なことを考えていたら……

「むぎゅぅー」

俺の頭を抱えるように抱きつかれてしまった。

『えっ? ちょっ、なにっ!?』

ちょっとしたパニック状態だった。

いきなり抱きつかれた上に声を押し殺すようにして泣かれるんだもん。
『神様を泣かせるってどうなのよ!?』
そもそもなんで抱きつかれるのかすら分からない。
おまけに俺の顔面に押し付けられている個所が押し潰されて……
『やらかーい』
じゃなくて！
どうにか抜け出……
「ごめんね」
ベリル様が泣きながら謝るのだが。
その動きに応じて柔らかいものが押し付けられながら動くのですよ。
『ムニュンムニュンだー』
至福の感触に俺の思考は押し流されてしまった。
とにかく身動きが取れない。
でも、罪悪感は後から後から湧き上がってくる。
「ハルトくんに母親だなんて言われたら嬉しくて」
『それは良かった』
良かったけど罪悪感が帳消しになる訳じゃない。
ベリル様のシクシク泣きは継続中だ。

そのくせ顔面だけは至高の居心地の良さを感じている。
混乱するなという方が無理だろう。
この体勢からどうにか逃れられればとも思うが、それは困難を極める。
まず、柔らかい膨らみのせいで口が塞がって喋れない。
そして脱出のためには俺自身が動かねばならないが完璧にホールドされている。
無理に動けば蟻地獄のように谷間に埋もれていくだろう。
それに身じろぎするだけで至福の柔らかさが心を惑わすのだ。
『動ける訳ないだろぉ――――っ！』
色即是空空即是色の精神で呼吸と心拍を整えるのが精一杯。
結局、ベリル様が泣き終わって離れるまで堪《た》え続けて待たなければならなかった。
堪え忍ぶこと数十分。
永遠にも等しい時間であった。
俺のライフはもうゼロよ状態である。
「ハルトくんは今後、私のことをママと呼ぶように」
泣き止んだら泣き止んだでベリル様が無茶振りしてくるし。
「義務ですかっ？」
「ダメなの？」
そんなこと言いながら瞳をウルウルさせてくる。

破壊力は抜群だ。

「もちろん呼ばせていただきますっ」

ビシッと直立不動で返事をしていた。

泣かれちゃ敵わん。

「じゃあ、呼んでみて」

さっそくの催促とは反則じゃなかろうか。

が、抗えるはずもない。

「ベリル……ママ」

「もう一度」

区切った上に躊躇《ためら》ったのがお気に召さないらしい。

『ええいっ、自棄クソだ！』

「ベリルママ！」

「よろしい」

満面の笑みで頷かれた。

俺も合わせて笑みを浮かべるが、頬が引きつっている。

『成人男子がママって……』

今後はこの呼び方で固定されるため地味にダメージがデカい。

ちなみに後で確認したら［女神を泣かせた男］の称号が増えていた。

それは事実だから諦めるしかないだろう。
だとしても譲れないものがある。
『俺はマザコンじゃない！』

13 確認は大事です

色々あった。
生まれ変わって異世界に引っ越し、丸1年。
1日で建国して家建てた後はずっと寝てただけなのに。
『女神様に泣かれるとかあり得ねー』
その上、俺が女神様の息子ですよ？
お陰で神様をママと呼ぶことが確定。
「まるでアニメの世界だ」
思わずぼやくが現実である。
黒歴史級の出来事だったが消去も封印もできない。
『そんなことしたら泣かれてしまう』
アレは反則だろう。
まあ、ベリルママは帰ってしまったので当面はその心配もないとは思うが。
ここからは俺1人で頑張らねばならない。

建国したからには発展させていかなきゃならないだろ？

そんな訳で現実逃避は終了だ。

国民もいない状態では何をしていいのやらだけどね。

「とりあえず、確認からかな」

家の外に出て周囲の草原を見渡す。

1年前と変わらぬ景色の中に見慣れた実家の屋敷がぽつんと建っていることくらい。

俺が錬成魔法で仕上げたレプリカだ。

なのに原材料の関係でこちらの方が遥かに頑丈だったりする。

「うーん、違和感しかないな」

風景写真に無理やり合成した感が満載だ。

が、眺め続けても何も変わらない。

まずは周囲を歩いてみることにした。

「ふむ、歩いたくらいじゃ地面も陥没はしないか」

これは屋敷では確認できなかったことだ。

あっちは魔法で結界と同化させてるからね。

おそらく本気でやらないと壊せない。

「これなら無意識で災害級の被害も出ないだろ」

ちょっと安心した。

え？　何の冗談かだって？

『冗談じゃなくてマジなんだな、これが』

一足飛びでレベル１０２４になったからさ。

『今の俺が本気になれば自然災害にも対抗できるってベリルママが言ってたんだよなぁ』

もはや人間とは思えない。

『まあ［女神の息子］で［亜神の友］なんだけどさ』

種族的には人間であるという太鼓判はもらっているけど。

普通ではないとも言われているから、そのあたりを確認しておかねばならないだろう。

とりあえずジョギングペースで軽く走ってみる。

「これも大丈夫」

以前の俺と何が違うのかってくらい変わらないように思える。

だが、今ので分かってしまった。

本気になれば漫画やアニメみたいに現実離れしたことができると。

それを確認するべく手頃な大きさの石を拾って投げてみる。

大きく振りかぶって――

「せえのっ！」

掛け声と共に腕を振る。

次の瞬間、ベキャッという音と共に粉砕された石の破片が飛んできた。

気合いの入れすぎで石を握りつぶしてしまったようだ。

結構な勢いでいくつかの破片が顔面に当たったが痛くはない。

「どわっ！」

痛みのないのが驚きだ。

結構な勢いでバチバチと当たったのだが。

「これがレベル１０２４か……」

だけど【剛健】のスキルもあるから何とも言えない。

他のことで確かめるしかないだろう。

気を取り直して再び投石にチャレンジする。

「ピッチャー、第１球……投げました！」

今度は石を割らずに投げることができたんだが……

「って、なんじゃそりゃあ————っ!!」

近くの山の方へ向かって投げたら弾丸のように飛んでったよ。

『俺がプロ野球の投手だったら誰も打てねーよ』

受けられるキャッチャーもいないけどな。

「自分で加減できるのが救いか……」

次は垂直跳びで、そのあたりを確認してみよう。

まずはバスケでダンクシュートするくらいの高さ。

「これは余裕」

初めてのせいかＮＢＡのスター選手並みの跳躍になってしまったが。

まあ、微細な調整もできそうで安心した。

「次は20段の跳び箱だ」

テレビの番組で見たアレを垂直跳びで軽々とクリア。

「じゃあ庁舎越えだ」

５階建てだった戌亥市役所の屋上に行ったことはないが、だいたいの高さは分かる。

「うおっ、景色が変わるぅ」

ちょっと楽しくなった。

落下し始める直前のふわっとした感覚も心地よい。

その感覚の余韻を楽しんでいたのだが……

着地の瞬間にズシンッって派手な音をさせてしまった。

ちょっとした衝撃も来たと思ったら地面が少し揺れたようだ。

「うわぉっ！」

着地の衝撃で地面が少し凹んだにもかかわらず痛みはないしＨＰも減ってない。

『どんだけ頑丈になったんだか』

地面は地魔法で元の状態に戻した。

が、この程度ではＭＰも減らない。

厳密に言えば減っているけど、この程度なら瞬時に回復するのだ。
問題は地面が凹んだことと揺れたことだろう。
ジャンプするたびに、こうなるのは気に入らない。
修正が必要だという訳で再びジャンプした。
同じ高さから落下しつつ成功のイメージを思い浮かべる。
手本にするのはバトルもののアニメなんかで見たことのある着地シーンだ。
爪先から降り立って踵が地面につく前に落下の勢いを殺しきる。
これをコピーするのだ。
『今の俺ならできるっ！』
スタッと着地。
轟音も衝撃もなかった。
もちろん地面も凹んではいない。
「完璧だ」
自画自賛の気持ちが自然と笑みになる。
「もう１回！」
再びジャンプ。
着地を決めて悦に入《い》る。
それを繰り返す。

そのうち物足りなくなってきて宙返りだの捻りだのを加えていくようになった。

「ＯＨ！」

最初は軽く数回ほど回転を加えるだけだったのが徐々に増えていく。

「最っ高ぉ!!」

グルグルが思いの外、楽しくて止められない。

が、そのうち派手に風を巻き込み始めた。

「……っと、ヤベッ」

続けてたら竜巻になっていたかもしれない。

『昔のアニメみたいだな』

とにかくジャンプは終了だ。

『ふむ、竜巻寸前の回転運動で息切れどころか目も回さないとは』

内臓や毛細血管にもダメージはなさそうだし。

自分の体だけど呆れるばかりである。

「これは身体制御を極めてしまったか？」

周囲の地形に影響を及ぼさない力加減。

精密機械にも等しい正確さ。

ジャンプするたびに、それらが身についていく感覚を味わっていたのだ。

どれ程のものかを確認する必要があるだろう。

何かのアニメで見た1人キャッチボールをやってみようと思いついた。
ボールがないので適当な石で代用しようとしたが手頃な大きさの石が見当たらない。
「しょうがないなぁ」
俺は地魔法で野球のボールサイズの石を作ってみた。
硬さ重さ共に申し分ない。
『せっかくだから本物のボールの方がいいか』
ふと、そんなことを思いついた。
果たして本物を触ったことがある程度で完璧に再現できるものなのか。
内部構造なんて知らないし。
だけど屋敷はその状態でも再現できた。
ならばボールもということで確認というか実験だ。
完成をイメージして錬成魔法を使う。
あっさり成功。
片手間程度の制御負担で成功した上に内部構造まで理解してしまった。
『なんでだ？』
とか思っていたら【諸法の理】が向こうの世界にアクセスしたからのようだ。
俺が一度でも触れたことがある物に限られるらしいけど。
『それでも便利すぎて怖いよな』

そんなことより今は１人でキャッチボールだ。

まずは抑えた速度になるよう山なりのボールを投げる。

ダッシュしてボールを追い越して落下地点で待ち構えて素手でキャッチ。

「これくらいは楽勝か」

徐々に距離を広げ、球速を上げながら繰り返す。

何度も何度も投げて受けてを続ける。

「こんなもんか」

切り上げようとして、ふと思った。

せっかくだからボールを攻撃魔法の標的にしようっと。

魔法も相当に加減して使わないと酷いことになりそうだし。

「確かめておいて損はないよな」

ボールは海の方へ向けて遠投の要領で投げることにした。

火魔法を使うので周辺に被害を出さないための備えである。

念のため放つのは拳大の火球だ。

そしてボールを投げる。

飛距離を調整するべく力を加減した……つもりだった。

「ボール速っ」

『魔法が追いつくか？』

悩む間もなく火魔法を撃ち出した。
ボンッ！　と音を立てて、あっさり命中。
ボールは跡形もなく爆散した。
火災の心配をする以前の問題であった。
『やりすぎたぁ……』
まあ、次からのデータにはなったさ。
ここでスキルを確認してみる。
思った通り【軽業】と【投擲《とうてき》】の熟練度がＭＡＸになっていた。
「今の俺なら銭を投げる十手《じって》持ちにも負けん！」
ぼっちがドヤ顔で言っても虚しくなるだけだ。
『ネタが古すぎるしな』
気を取り直して次の実験といこう。
続いては水中戦である。
潜水可能な時間が気になったからだ。
あと【軽業】は水中でも有効なのかという疑問が湧いたというのもある。
「そうなると川より海だよな」
思い立ったら、即実行。
俺は海へ向かって走り出した。

徒歩では到着まで時間がかかりすぎてしまうからだ。
生まれ変わる前の俺なら迷わずバイクに乗っていただろう。
今の俺が走れば、それよりも早く到着するんだけどな。
はい、到着。
「到着したはいいが……」
物足りない。
乗り物に乗ることで得られたであろう充足感が得られなかったせいか。
『そのうち車とかバイクを作ろう』
きっと楽しいはずだ。
ただし、家を錬成したときのように丸々コピーは却下。
公害を撒《ま》き散らしたくはないので魔力ベースの乗り物を作るつもりだ。
ノウハウがないので時間がかかりそうだけど色々と試してみよう。
アニメの真似をして変形とか超加速なんかを再現するのも面白そうだ。
「さて……」
妄想タイムは終了だ。
眼前に拡がるは白い砂浜に青い海。
澄んだ色の空に白い雲。
まだ春先だから太陽は照り付ける感じではないけれど。

何にせよ、まずは軽く準備運動だ。
「おいっちにぃさんしー」
はい、終了。
律儀に最後まで続けてなどいられない。
小学校の臨海学校以来の海に俺はワクワクしていたのだ。
え？　友達や彼女と来たことはないのかだって？
称号にぼっちがつくような俺に聞かないでくれ。
とにかく海は久しぶりだし時間もある。
ガッツリ満喫しないとね！

14　久々の海水浴で実験してみた

我が国ミズホには海がある。
『島国だから当然か』
西方だと内陸系の国が多いのだが。
長大な大山脈や大森林が海と接しているせいだろう。
最西端にして最大面積を誇るアルシーザ帝国以外だと北方の国々くらいか。
南方だと国ではなく一部のレアな種族が海辺で暮らしている程度。
そうなると塩のために戦争がなんてことを考えてしまうのだが、そういうことはない。
岩塩が比較的簡単に手に入るからのようだ。
海にも魔物がいるため漁業は盛んではない。
南方のレアな種族は例外のようだが。
あとは淡水魚を食べる地域も例外のひとつだ。
『海の幸が食べられない生活なんて拷問に等しいんですがね』
新鮮な魚介で寿司が食えないのは致命的である。

西方での定住は永遠にないだろう。
本当にミズホ国を建国して良かったと思う。
『今日は海水浴がてらの漁で魚介をゲットだぜ！』
生まれ変わったせいか、海水浴のことを考えるだけで心が躍る。
その上、新鮮な食材が得られるのだ。
期待感に胸が高鳴るのも当然というもの。
「いざ、出陣！」
テンションの高さに厨二くさい台詞が自然と出てくる。
海に向かって駆け出そうとしたところで――
「あ、海パンねーや」
という事実に気が付いた。
海パンが無ければ錬成魔法と【諸法の理】のアシストでコピーするまで。
楽勝と言いたいところだが……
「化学製品なのがなぁ」
自然に分解しないものはこっちの世界に持ち込みたくない。
一から作るとなるとアシストは働かないし時間もかかる。
俺は早く海で遊びたいのだ。
『ならば全身を防水するまでよ』

理力魔法を応用して海水と触れないように紙より薄い膜をイメージ。
髪の毛も1本ずつ覆うような超精密な制御を【多重思考】で補助しつつ行う。
魔力消費が桁違いに多くなるが今の俺からすると微々たるものだ。
ササッと準備を完了させたら海へダッシュ。
「まずは水上走行だっ！」
理力魔法で「ここ」と思ったときだけ理力で固定された場を作り出す。
それを踏みつけることで好きな場所で歩いたり走ったりが可能となる。
ダダダダダーッと駆け回る。
波のない湖なら水面に波紋ができていたかもしれない。
何か物足りない気がしたので理力魔法を調節。
それっぽくズバババッと水飛沫《しぶき》が上がるようにしてみた。
弧を描くように走ってみれば意図したように水飛沫が上がってくれた。
まるでアニメを見ているようだ。
「おおっ、面白い！」
今度はヘッドスライディング。
滑るように突き進みながらクルリと体を捻った。
背面で滑る格好になれば水飛沫もよく見える。
「うお────っ！」

派手に飛沫が上がる様は、まるで水上バイクだ。
『おっとバイクって本来は二輪車なんだっけ』
だから水上バイクって呼び方は日本でしか通用しないんだよな。
『まあ、俺は元日本人だから日本準拠の呼称でいいか』
そんなどうでもいいことを考えながら体全体で海を満喫している。
沖まで出てきた割に、まだ泳いでないけどな。
「さあて、そろそろ潜りますか！」
ここは沖合の水深もそこそこある場所だ。
海面上で立ち止まり大きく深呼吸した俺は垂直に跳び上がった。
「あ、跳び過ぎた」
陸地で跳んだときの倍の高度まで到達。
無意識下の力加減も体に覚えさせないといけない。
『人前だとシャレにならんからな』
とりあえず今は飛び込みだ。
ジャンプの頂点で体を捻り込みながら頭を下にする。
飛び込み選手のように両手を重ね掌を水面に向けて着水。
さほど水飛沫が上がらなかったのは垂直に飛び込めた証拠だろう。
完全に海中に没した俺は体をぐるんと前転させて上を向く。

すぐに周囲を見渡したものの近くに魚が見当たらなかった。
『逃げられたか』
上で派手に走り回ったのが良くなかったようだ。
漁は後回しにするしかなさそうである。
という訳で先に水中機動の実験を済ませることにした。
『目標は地上と遜色ない動きなんだが』
水の抵抗を考えると無茶な話だ。
が、４桁レベルの俺なら高機動も力業で実現可能だったりする。
問題は海流に影響を及ぼしかねないこと。
冗談のような話だが脳内でシミュレートしたらマジだった。
惑星レーヌの環境を変えてしまうのは本意ではないので却下。
『となると魔法で解決するしかなさそうだな』
手っ取り早いのは風魔法で抵抗の少ない流線型の泡を作ってその中で行動する方法。
万人向けだが、俺が本気で動くには向かない。
水魔法で水流を制御するのは常に水流をシミュレートしないといけないので面倒だ。
という訳で採用するのは理力魔法である。
水の抵抗という反作用の運動エネルギーをカット。
作用反作用の法則を魔法で乗り越えるという物理学者も真っ青な方法だ。

『魔法でなきゃ実現不可能な方法だよな』
実行してみたら何の抵抗もなく動けた。
機動に関しても基本は理力魔法だ。
アニメの高機動兵器をイメージソースに術式を構築。
全身にバーニアやスラスターを配置したようなイメージで飛び回る。
そう、泳ぐというよりは飛んでいる。
水の抵抗を感じないため加速減速も自由自在だ。
『魔法、万歳！』
とはいえ俺以外だと、すぐに魔力切れを起こすか窒息するだろう。
余人には真似のできない方法だが水中でも素早く動くことは実証できた。
『じゃあ次だ』
お待ちかねの漁である。
ただ、付近に魚がいないので獲物を探さねばならない。
【天眼・望遠】と【天眼・暗視】を【多重思考】で同時制御して周囲を見渡す。
『【天眼・暗視】は神級のスキルだけのことはあるな』
フルカラーのノイズレスで補正されているし。
明るい方を見ても眩しくならない。
光が届かない深い所にいる魚も……

『うわっ、見ちゃったよ』

深海魚は直視したくないグロキモさがあるのを忘れていた。

それは地球だけでなく惑星レーヌでも同じらしい。

俺は水深200メートル以下の視覚情報にはフィルターをかけるようスキルで調整した。

だが、深海から魔物が襲いかかってきた場合は発見が遅れてしまうことになる。

『ならば気配で察知できるようになってみせよう』

目を閉じる。

己の感覚のみを研ぎ澄ませば、今まで無視していた海流を感じる。

そして様々な音が届く。

海上の波の音まで聞こえるほどになると魚群などもいくつか捉えた。

『聴覚感知じゃなくて気配感知だってば！』

自分で自分にツッコミを入れる。

ぼっちの特技のひとつだ。

そこまで考えて落ち込むのが一連の流れであるのは言うまでもない。

だが、これをガイドにして気配を探るのはありだろう。

聴覚で魚群を把握すれば効率は上がるはず。

後は個々の大きさや数を感じ取れるかだ。

「…………」

呆気ないくらいすぐにコツをつかんでしまった。
現在地より陸側に小魚の群れを追う鯛《たい》っぽい形をした魚の群れがある。
『どっちもゲットだぜ』
生態系に影響を及ぼすのは本意ではないので根こそぎというわけにはいかない。
加減が難しそうだ。
『お？』
そんなことを考えていたら背後からうねるような大きな音が聞こえてきた。
急速に迫ってくる。
と同時に、存在感のようなものも感じられた。
『これが魔物の気配か』
コツを掴んだ。
明確な敵意があると気配を感じるのも分かり易い。
鯨《くじら》並みの大物のようだ。
『胴長のトカゲか？』
【諸法の理】で確認すると海竜という亜竜の仲間のようだった。
竜と呼ぶのもおこがましい最下級の存在らしい。
ただし、巨体を用いた攻撃は普通の人間には充分に脅威だ。
俺は目を見開いて襲撃者に向き直った。

『異世界での初戦闘が雑魚ども相手の無双パターンじゃないとかどうよ?』
天井ネタといい俺はテンプレパターンに縁がないようだ。
これはこれで面白そうだがね。

15　初戦闘は海でタイマンなんだけど

海水浴を楽しんでいたら大物まっしぐらな状況になった。
『俺は猫の餌じゃないんだが？』
相手だって猫じゃない。
向こうさんの見た目は全長十数メートルほどもある胴長のトカゲといった感じだ。
シルエット的には東洋龍に近いんだけど角も髭《ひげ》もない。
でも、【諸法の理】によれば歴《れっき》とした海竜である。
翼竜とも呼ばれるワイバーンも同様の位置づけらしい。
普通に考えるとハードモードなんだが今の俺には可哀相な犠牲者でしかない。
所詮は最下級の亜竜である。
『ん？　コイツ、海竜としてはデカいのか』
見た目も格付け的にも残念なので、これくらいの箔は欲しいところ……
グングン迫ってきて俺目掛けて突進してくる海竜。
『おっと』

理力魔法を制御し体を捻ってバックステップで横方向へスライド移動。
『ふむ、陸上と同じ感覚で回避できるか』
すぐ目の前を血走った目で大口を開いた海竜が通り過ぎていった。
『思ったより速く動けるようだな』
そして奴の通過に伴い周囲の海水が暴風のように荒れ狂う。
巻き込まれれば揉みくちゃにされていたことは想像に難くない。
そういう状況を利用することに慣れているのだろう。
海竜が追い打ちとばかりに襲いかかってきた。
『当たるわけないだろ、バーカ』
念話で挑発しつつ今度は理力魔法だけで下降して回避。
『真下は死角か』
頭上を通過していった奴は少し離れた所で動きを止めるとキョロキョロし始めた。
完全に俺を見失ったようだ。
収穫ありだが、挑発がきいていないのは問題だろう。
本能丸出しの野獣状態ではあるものの激高はしていない。
見失った獲物を探すのに必死なだけだ。
『亜竜じゃ、こんなもんか』
【天眼・鑑定】でステータス情報を奴の頭部に貼り付けるような形で透過表示させた。

拡張現実ってやつだ。
ゲームっぽいが、便利そうだろ？
表示された情報を確認していく。
『知能も獣並みかぁ……』
ある意味、予想通りな残念脳筋だった。
それは未だに俺を見つけられない間抜けさが証明している。
『こんなのに詳細情報はいらんな』
拡張現実の表示を簡略化してみた。
説明分はカット。
状態はアイコン表示。
そしてＨＰとＭＰを数値からバー表示に変更した。
『ＭＰ低っ！』
竜としては破格なほど少ない。
ＨＰの８分の１あるか無いかだ。
なのに黄色いＭＰバーが右側から徐々に赤く塗り替えられていく。
拡張現実のアイコン表示は［魔法・身体強化］となっていた。
減り具合からすると索敵中にもかかわらず全力全開モードのようだ。
『同格や格上を相手にすれば持久戦にもなるだろうに』

そういった経験がないのは明白だった。
俺に対しても今までと同じだと思っているのだろう。
獲物サイズだし殺気も放っていないからな。
『殺気か……』
本当の意味での戦いを経験していない俺にとっては未知のものだ。
怒りの感情なしにコントロールできるものなのだろうか。
だが、今後は必要になるだろう。
『試してみるか』
自分の身は自分で守らねばならない世界だからな。
余裕のある相手で実験しておくべきだろう。
『こっちだ海トカゲ』
意を決して殺意を向けながら念話を送ってみる。
次の瞬間、ビクリと海竜が動きを止めた。
グルリと首を巡らせるようにして下を向く。
「！」
海竜が俺を発見して威嚇《いかく》するように大口を開いた。
そして突進してくる。
今度は奴の鼻っ面に手をついて宙返りで背後に回った。

通り過ぎた奴もグルリと転進するが、動きが荒っぽい。
全身で苛立ちを表現しているかのようだ。
獲物と認識した俺を捕らえきれないのが腹立たしいのだろう。
俺の殺気は奴を怯《おび》えさせるほどのものではなかったようだ。
『要修行だな』
怒りに我を忘れて殺気を感じにくくなっているとも考えられなくはないが。
その証拠に突進、突進、また突進。
ひたすら突っ込んでくる姿は闘牛の牛を思わせる。
『ならば俺は闘牛士ってことか？』
その姿をイメージしてギリギリでいなしつつ回避していく。
聞いた話によればだが、闘牛の牛はかなり頭が良くて相当な駆け引きがあるという。
それを期待したのだが……
呆れるくらいに猪突猛進だ。
牙で回避させて爪を使うという発想もないらしい。
『工夫がない上に学習もしないとか……』
単調すぎて興ざめである。
それでもしばらくは躱《かわ》すことだけに専念した。
【回避】や【格闘】スキルの熟練度を上げるためだ。

その甲斐あって【回避】の熟練度はＭＡＸになった。
後は仕留めにかかるだけなんだが、せっかくの大物である。
『まだ利用価値はあるみたいだからな』
実は一度試した殺気が切っ掛けになったらしく上級スキルの【殺気】を取得したのだ。
コイツは殺気に耐性があるようだし熟練度の肥やしにするにはお手頃な相手である。
向こうは練習相手にされているとは思っていない様子だが。
『おー、怒り狂ってるねぇ』
憤怒の表情で突進攻撃を仕掛けてくる。
俺はすれ違い様に軽く殺気を放つ。
『スキルを得たお陰でやりやすくなったような？』
そのまま数回の突進を受けたが互いにすることは同じ。
大きな変化は見られない。
突進前に間が空くようになってきたくらいか。
だが、海竜が息切れしたようには見えないし魔力もまだ5分の1はある。
躊躇しているような雰囲気は見られるが、向こうのやる気は満々だ。
瞬間的な殺気だと違和感を覚えるだけに留まるのかもしれない。
あるいは俺の殺気がショボいだけか。
試しに継続的に殺気を発してみると海竜がピタリと動きを止めた。

泡を食っているようにも見える。

『どうやらショボくはなかったようだな』

それどころか警戒すべき相手と認識されたようだ。

海竜が俺の隙をうかがうように体を揺らしている。

ボクシングでフットワークを使って相手を翻弄しようとしているかのようだ。

さっきまでブルファイター丸出しだったとは思えない慎重さである。

『今度はそっちが闘牛士になったつもりか？』

などと考えていると、向こうが先に動いた。

大口を開けて海水を吸い込んでいる。

『ブレスか？』

【諸法の理】によると竜のブレスは己の魔力を纏わせた属性つきの攻撃になるようだ。

威力の高い魔法攻撃のようなものらしい。

普通の魔導師が対抗するには最低でも【詠唱短縮】や【高速詠唱】を極める必要がある。

あるいは上級スキルの【無詠唱】か。

でないと咄嗟に魔法で相殺したり障壁を張ったりできないからだ。

しかも威力や持続性の面で対抗できるかは別問題。

『つまり竜のブレスはそれなりに注意が必要ってことだ』

生憎と亜竜にそんな高度な攻撃は使えないのだが。

こいつにできるのは溜め込んだ海水を一気に吐き出すくらいのものだろう。
そして、予想通りのものを吐き出してきた。
第一印象は「ショボい」の一言。
距離があるので奴が間近を通過したときの乱水流の方が威力がある。
いずれにせよ理力魔法で遮断している俺には通じない。
が、それを見ているにもかかわらず海竜は諦めなかった。
ブレスもどきをひたすら繰り返す。
連発すればダメージがアップするとでも思っているのか。
あるいは挑発か。
余裕が感じられないところを見ると、どちらでもなさそうだ。
『ん？』
ふと、拡張現実で状態を確認してみたら［恐慌］アイコンが出ていた。
ビビって威嚇していただけのようだ。
『さっさと逃げればいいものを』
逃がすつもりもないがね。
【諸法の理】によれば肉の味は鶏肉に近いらしいしな。
しかも骨や肝は薬の材料になるというし。
皮も使い道は色々とあるみたいだ。

『俺を捕食対象にした不幸を呪うんだな』
悪意だろうが食欲だろうが敵対したからには容赦はしない。
理知的な話し合いができる相手でもない。
『慰謝料的なものを支払えるなら見逃しもしたんだが』
もちろん支払い能力があるはずもなく。
俺に躊躇う理由は何もない訳だ。
一度は死にかけた身だから命を奪うという行為に対する覚悟もしてきた。
『サヨナラだ』
ダッシュで瞬時に距離を詰め、首の付け根に回し蹴りを叩き込む。
ゴキッという確かな手応えが伝わってきて海竜の首があらぬ方向に折れ曲がる。
同時にＨＰゲージの緑バーを赤いバーが一気に侵食していく。
そして赤のみのバーになり、命の火はあっけない幕切れを迎えた。
『もう終わり？』
とりあえず海竜だったモノは倉庫行きにする。
解体は後回しにして自分のステータスを確認してみたがレベルアップはなし。
海竜は図体の割に経験値は少なかったようだ。
『スキルで収穫があったから良しとするか』
【回避】はカンストしたし。

【格闘】と【殺気】は両方とも熟練度80オーバーである。
今回の戦闘だけで素人が達人の領域まで達するのもどうかとは思うが。
スキルの種は本当に仕事をしてくれる。
『どうせなら【格闘】と【殺気】もカンストさせるか』
スキルポイントを使って熟練度をＭＡＸにした。
そうした方がいいような気がしたのだ。
俺は自分の直感を信じる。

16 狂ったゴブリンが大量にポップしています

ミズホ国の北端近くにある広大な森林地帯。
大陸にある大森林地帯からすれば猫の額ほどもないけれど。
そういう場所でゴブリンが敷き詰めたかのように蠢《うごめ》いていた。
密集なんて生易しいもんじゃない。
『数十万匹はいるからなぁ……』
そういう状況下で俺はゴブリン駆除に勤《いそ》しんでいた。
切っ掛けはベリルママからの電話連絡である。
脳内スマホに着信が入った時は何事だろうかと思ったさ。
『もしもし？』
『あ、ハルトくん。ちょっと大変なことになってるのよ』
『はい？』
とても大変とは思えない軽い調子に俺は戸惑いながら聞き返していた。
『ミズホ国の北の方でゴブリンが大量に湧き出しちゃって――』

云々かんぬんと説明を受けた俺は迎撃のために北の果てまで飛んで来たのだ。
「ほいさのさっと」
ノリの軽い掛け声とは裏腹に右正拳突き&背面への左肘打ちが間髪を容れずに炸裂。
前後から飛び掛かってきたゴブリンが吹き飛んでいく。
「頚骨骨折に内臓破裂っと」
一撃必殺で終わる。
ゲームでも定番の雑魚魔物だから当然か。
先程から死体の山がいくつも積み上がるほど倒しているが終わりが見えない。
これだけ倒しているとワンパンで倒してもフラストレーションが溜まっていく。
わざとテンションを下げて掛け声を軽くし、苛つきを抑制しているほどだ。
「そらっ、次はこっちだ」
死骸の山が積み上がったので雪崩を起こす前に移動する。
ポコパコと木の棒で叩いてくるが面倒だから回避もしない。
痛くも痒くもなければ躱すのさえ馬鹿らしくなる。
レベル１０２４のステータスにものを言わせているから当然なんだが。
おかげで熟練度が10程度だった【剛健】はＭＡＸ状態だ。
そんな調子で片っ端からお掃除中である。
こんな状況でもゴブリンどもは逃げ出さない。

どいつもこいつも狂乱の状態にあるからだろう。

子供ほどの背丈の醜い怪物が飢えた肉食獣を思わせる形相で迫ってくる。

「迫力不足なんだよっ」

飛び込んできたゴブリンを残像で脚が何本にも見えるほどの連脚で片っ端から蹴り飛ばす。

アニメかマンガでなければお目にかかれないような蹴りなんだが。

それを超える勢いで連中は押し寄せてくる。

「数の多さだけは一級品だなっ」

そんな訳で入場制限を実施中だ。

自分を中心に半径5メートルほどの大きさで特殊な結界を展開しただけだがな。

透明だが通り抜けるのに時間がかかる。

お陰で俺の周囲だけは鮨詰めにならずに済んでいる。

逐次、処理をすればの話だが。

今も飛び掛かってきた3匹を蹴り上げて結界の外へ飛ばした。

「今日中に終わんねえだろ、これ」

終わりの見えないゴミ掃除に辟易して、つい愚痴ってしまう。

だが、そんなのは百も承知だ。

そもそも1人で相手にする数じゃない。

けど、狂乱したコイツらを放置すると国中が荒らされてしまう。

元を正せば1年前に俺がぶっつけ本番で家を作った錬成魔法が原因だ。

あのときロスした魔力が地脈を通じて拡散した結果が現状に繋がっている。

まず北にあるダンジョンの迷宮核と通称される中枢部分に拡散した俺の魔力が到達した。

迷宮核はダンジョンの制御部であり製造工場でもある。

通常時は周辺の魔素を吸い上げながら魔力に変換しダンジョンを維持。

魔物を作り出すのも、その一環だ。

余剰が出た場合はダンジョンの外へ排出され野良魔物となる。

外部から魔力を得た場合はダンジョンが拡張されるのが通常だ。

その場合はダンジョンから弱い魔物があぶれやすくなり周辺に被害をもたらす。

『今回はそれより質が悪いんだよなぁ』

迷宮核が異常活性して魔力を異常なまでに溜め込んだ。

で、限界を迎えた1年後に爆発。

ダンジョンは単なる地下構造物となり数多《あまた》の魔物を狂乱状態で外へと排出した。

【諸法の理】によると、ダンジョンの暴走というものらしい。

通常であれば排出される魔物の数は数百から数千匹程度だとか。

今回は俺の魔力が影響したせいで狂乱したゴブリンが数十万匹という結果になった。

如何に異常事態であるかが分かろうというものだ。

「有象無象がっ」

既に千を超えるゴブリンどもを吹っ飛ばしているのだけれど……

少しも減ったようには思えない。

「忙しいったらねえなっ」

ぼやきながら次々と蹴り出していく。

それでも山ほど押し寄せてくる。

『昨日の海竜戦の後に【格闘】の熟練度をカンストしておいて良かったー』

血を流さず処理できているのは、そのお陰である。

でなきゃ今頃はゴブリンの体液でドロッドロに汚れているさ。

「鬱陶しいんだよっ」

次の招かれざるお客さんが左右から同時に飛び掛かってきた。

知能が獣レベルで我を失ったコイツらに挟み打ちで連携なんてできるはずもないのだが。

しかも跳躍して上から攻撃してくる。

『数を相手にしていればこういう偶然も発生するか』

「ならば相応の迎撃をしてやろう」

奴らの高さに合わせ開脚しつつ同時に回し蹴りを炸裂させる。

変則の旋風脚だ。

「あ、勢いつけすぎた」

ただでさえイライラしているのに頭部粉砕のスプラッタは見たくない。

故に直撃した瞬間に蹴りの質を破壊から弾く感じに切り替えた。

挟撃してきた奴らが弾丸のように勢いよく吹っ飛んでいく。

「やっちまったー」

派手に飛ばしたせいで結界の外で巻き込んでしまった。

今ので百匹近く仕留めたのは間違いない。

それは構わないのだが俺が蹴り飛ばしたゴブリンは木に衝突し爆散。

実に汚らしい結果となった。

「いかん、後で綺麗にしておかないと」

今ので立ち木も折ってしまった。

せっかく周辺被害をゼロに近づけるべく頑張っていたというのに。

イラッとしたがキレる訳にはいかない。

数十万匹を相手にプッツンして広域殲滅魔法をぶちかますと周辺被害がバカにならない。

『まあ、火魔法を使った日には森林火災は免れないからな』

水や風の魔法にしたって延焼で被害が拡大しないだけで結果は似たようなものだ。

『せっかく建国したのに自分で国の環境を破壊してどうすんだ』

後始末が大変という点において大した差はないのである。

『あー、終わった後のことも考えたくねー』

仕留め終わっても死骸は消えてくれないからだ。

放置すりゃ腐敗して悪臭を放つだろうし、アンデッド化する恐れもある訳で。

もう一度この数のゾンビを相手に戦えとか言われたらキレること間違いなしだ。

グロ注意で汚らしい上に鼻の曲がる臭いもまき散らしてくるからな。

狂ってるだけのゴブリンを相手にする方がよほどマシというものなのだが……

「面倒くせー」

それに尽きる。

ぼやきつつ無理矢理テンションを下げながらのサッカーボールキック。

顎の骨を砕かれたゴブリンが結界の外へと飛んでいく。

地面に頭から落下して首の骨が折れた。

が、それを悠長に眺めていられる状況ではない。

「次から次へと忙しいったらありゃしない！」

裏拳で右から回り込んできたのを仕留め。

背後から襲ってきた奴を肘で跳ね上げる。

正面から来たのは回し蹴りで弾き飛ばした。

「鬱陶しいっ」

力加減に細心の注意を払っているせいか爽快感はない。

ゲームの作業プレイよりもチマチマしているからだろう。

「脆弱すぎるんだよっ」

アッパー、膝蹴り、旋風脚。
飽きの来ないように色々と試してみるが、イライラ解消には効果がない。
むしろ、これまで抑制していた分だけ苛立たしさは膨れ上がっていた。
「限界だぁ――――――っ！」
終わりが見えない作業ってのが良くない。
フラストレーションを加速度的に蓄積させる。
そして俺の努力を無視するようにゴブリンが仲間の死体を踏みつけた。
いや、ジャンプの失敗で踏み潰したと言うべきか。
まさか死体の山を駆け上がって、そこから飛び降りるとは思わないだろ？
それだけ自由に動き回れるスペースが減りつつある訳だ。
『死体の山も数個では済まないからな』
仲間の死骸も単なる障害物って訳だ。
そして狂っているからこそ着地する場所には頓着しないのだろう。
後続が次々と続けば死体も次第に損壊し血飛沫や肉片が飛んだりもするようになる。
しかも運の悪いことに俺に向かって飛んできたりするんだよ。
汚れると分かっていて回避せずそのままでいるわけがない。
「汚えっての！」
毒突きながら血飛沫を躱した。

汚れの大本からもすぐに離れる。

「この野郎ぉ……」

爆散の失敗よりもイラッとした。

いくら俺が注意を払っても奴らによって汚染が拡がってしまうからだ。

『我慢に我慢を重ねていたというのにお前らは俺を嘲笑《あざわら》おうというのか』

「上等だ」

俺は静かにブチ切れた。

17　新魔法で実験だ

どうも、ミズホ国北部の森林地帯でチマチマと格闘戦をしていたハルトです。

ついにキレましたが、何か？

休みなしのぶっ続けで半日もゴブリンを始末し続けてなお先が見えない状況なものでね。

『嫌気が差さない方がどうかしてるだろ』

首都から飛んで来たときは深夜になっても仕方がないと割り切ったつもりだった。

数が数だし。

『楽観視していた今朝の自分を殴りたいっ！』

そんな生易しい状況ではなかったのだ。

既に夜の闇が辺りを支配する時間帯である。

『深夜には終わる？』

オワッテナイヨ。

誰がそんなことを言ったのか。

俺である。

『24時間無休でもあと5日はかかるっての！』
この労働条件は短期アルバイトとして考えても、ない。
これに週休2日をつけてもない。
普通の人間なら2日目でダウンするさ。
『どこのブラック企業よりも酷いだろ』
俺なら能力的には不可能じゃないんだけど。
生憎と機械でも真性ドMでもないんでね。
ゲームの作業プレイみたいなことを120時間もやってられるかっての。
『マジ無理、勘弁』
発生原因は俺自身だから贅沢は言えないんだけど。
でもさ、これって贅沢云々のレベルは逸脱してるだろ？
そんな訳で現在、上空で休憩中だ。
怒りのぶつけ所を探しているとも言う。
狂乱中のゴブリンどもは暴れないよう拡大強化した結界に埋め込んでやった。
【魔導の極み】のスキルがなかったら実行不可能な規模だ。
お陰で熟練度がグングン上昇している。
『魔力もガンガン消費しているな』
魔力の回復が間に合わないなんて今の俺からすると驚きだ。

まあ、熟練度の上昇に合わせてMPゲージの減りが遅くなっていくんだけど。
そうこうしている間に熟練度がカンストしてMAXですよ。
『【才能の坩堝】恐るべし』
ラソル様に貰ったスキルの種とのコンボは劇薬だ。
とはいえ、そんなことを気にしている場合ではない。
ゴブリンを殲滅する手を考えねば。
範囲魔法の行使は環境を破壊するようなものなので論外だ。
広大な森林の消失とかシャレにならん。
火球や水球も連発すれば結果は同じ。
特に火球は森を燃やして被害が拡大しかねない。
水球にしたってクレーターや折れた木々で倒木だらけになってしまうし。
『なら矢を形成する魔法か』
一般的には最小単位とされているが問題の解決には至らないだろう。
火属性だと火球と同じ懸念がある。
水属性はあの数の血飛沫を撒き散らして周辺を血塗《ちまみ》れにしかねない。
魔法の矢と言っても木刀並みの太さだからな。
本物の矢よりも傷口が大きくなってしまうなら派手に肉も血も飛び散るはずだ。
『既存の魔法は話にならないな』

汚染被害を減らすには少なくとも銃弾サイズにする必要がありそうだ。

【諸法の理】で検索したが既存の魔法には術式が存在しない。

『この世界の魔法使いは術式重視らしいが、多様性に乏しいな』

イメージが補助扱いだからか。

過剰なイメージは魔力制御などで集中が乱れるからだそうだ。

故に定型の術式を拠り所にして魔法のイメージを固定化しているという。

『そりゃあバリエーションが増えないって』

まあ、俺が使っている魔法と既存の魔法は手法が根本的に違うからな。

この世界ルベルスで行使される魔法は魔力の制御方法により放出型と内包型に分かれる。

西方人にとって魔法といえば魔力制御が容易とされる放出型だ。

内包型は著しく制御が困難とされていたせいか存在すら忘れられているっぽい。

『俺に言わせればイメージが貧困だからこそ魔力制御に失敗するんだけどなぁ』

まあ、放出型は入門用にはいいかもしれない。

手順としてはまず魔力を放出し体表面に展開するところから始まる。

詠唱で術式を放出する魔力に乗せる。

体表面の魔力で術式の乗った魔力を保持。

術式が長くなる場合は複数の節に分かれている。

ここで息継ぎをするように詠唱からの手順を繰り返す。

最後に定形のイメージを結合させ魔法が完成。
放出型の魔法行使の流れはこんな感じ。
時間はかかるが順番通りにやればイメージがあやふやでも失敗はしない。
メリットは簡単なこと、それだけだ。
その名の通り最初に魔力を体外に展開させるため何割かロスしてしまうのだが。
無駄が多い上に妨害に弱かったりもする。
何しろ初手で魔力放出するから感知されやすい。
完了までに時間がかかるから隙が多くなるし。
しかもイメージは補助扱いのため規模や威力の調節が容易ではない。
『その点、内包型はシンプルなんだよな』
体内で増幅させた魔力にイメージを被せるだけだからね。
それ故にイメージ力に乏しい者には難易度が跳ね上がるんだけど。
魔法を部分的に定着させる節なんてものは存在しないし。
故にイメージを強く保持できなければ内包型の魔法は発動させられないのだ。
不慣れであれば詠唱で補助することもあるが本来は不要である。
『要は如何に明確な空想や妄想ができるかなんだけどなぁ』
こういうのが苦手な人間は魔法が使えない。
いや、使えなかったと言うべきか。

かつては内包型の魔法しか存在しなかったのだ。

とある魔導師が魔法使いを増やそうと開発したのが放出型の魔法である。

ハードルを下げて魔法の基礎を学ばせてから内包型へと転換させようとしたのだろう。

が、あまりにも使い勝手が良すぎたために誰も転換しなくなった。

魔法の使い方がまったく異なることも大きく影響していたと言える。

例えるなら車の運転を覚えてもジェット戦闘機は動かせない。

そんな感じだ。

放出型から魔法の世界に入った者たちは皆、放出型に傾注していった。

放出型で道を究めんとするのも自然の流れ。

理解すら覚束ない代物より使えるものを選択するのは当たり前のことだろう。

自家用車からレーシングカーに乗り換えるとでも言えばいいか。

ピーキーであるが故に誰でも乗れるようになるわけではないがジェット機ほどではない。

『消費する魔力は内包型の方が少ないのに』

まあ、昔の魔法使いには些細なメリットでしかなかったようだ。

そのせいで内包型の魔法は失われた技術扱いされているらしい。

存在そのものを知らない魔法使いの方が多いようだしな。

『まあ、それはいいか』

現実逃避の時間は終わり。

本来なら無駄な考え事なんだが、少しは気分転換になった。
銃弾サイズの魔法を作ることに集中する。
『ライフル弾そのものじゃダメなんだよな』
それを螺旋状にねじった感じのものをイメージ。
弾そのものを回転させ直進安定性と威力を上げるためだ。
『ショットガンのスラッグ弾のようなものか』
銃身がないからライフリングで回転を加えられないことに対応したものだ。
理力魔法で解決することも可能だけどね。
ただ、その場合は貫通力がネックになってくる。
結界で減衰はするものの、できればブレーキが欲しい。
『という訳でネジネジだ』
スプラッタな結果を招く破壊力にならないよう適度に調整して命中後の抵抗とする。
しかしながら貫通させないだけでは着弾後の流血は避けられないだろう。
数十万匹のゴブリンが血を流す惨状は見たくも想像したくもない。
『ならば弾丸は氷にして凍らせてみるか』
射出は通常の攻撃魔法の術式ではなく理力魔法を使う。
手間は増えるが威力の調節が容易になるからだ。
『さて、仕様はこんなものだとしても試射は必要か』

失敗したときの後始末と問題点の洗い出しのために単発で実験してみよう。
氷矢よりも具体的なイメージが必要だったが氷の弾丸の作成は瞬時に完了。
『問題なく作成できるな』
次からはコピー感覚で作れるはずだ。
『発射っと』
シュッという風を切る音がした。
次の瞬間には犠牲者第1号の頭部に氷弾が命中。
多少の血が飛び散ったものの頭が丸ごと凍り付いた。
「ほほう、凍結によっても弾に強いブレーキがかかるか」
貫通しないのは収穫だったが、わずかとはいえ血が飛び散ったことには不満が残る。
火魔法で蒸発させることも考えたものの即座に却下した。
一気に殲滅するとなると森林火災を誘発しかねないからだ。
『よろしい、ならば電撃だ』
感電死させるなら弾丸は必要ないからな。
問題は避雷針になるようなものがあれば逸れてしまうことである。
直接通電させるしかない。
ワイヤーを突き刺してビリビリバリバリするなら流血も抑えられるのではないか。
肝心のワイヤーは地魔法の応用で簡単に作れそうだ。

『金属だって鉱物資源だからな』
試しに数十本の極細ワイヤーを作りながら先程の氷弾に匹敵する速度で伸ばしてみる。
【多重思考】でそれぞれを精密にコントロール。
直感でこの本数にしてみたが、これが現状でミスなくコントロールできる限界だった。
空を飛びつつゴブリンの位置確認のために広範囲で気配を探っているせいだ。
『【多重思考】の熟練度をもっと上げないと一気に殲滅するのは無理ってことか』
現状でも【多重思考】の熟練度がじわじわ上がっている。
限界に近いことをしている証拠だろう。
そのうち制御できる本数が増やせる気がしてきた。
が、そのあたりを気にするのは後回しだ。
通電の効果を確認しないといけない。
1本だけワイヤーをゴブリンの方へと伸ばした。
ズブブブブブ――――――――ッと軽く百匹は貫通させる。
これで一気にトドメを刺せるなら格闘より遥かに効率がいいのだが。
そして軽めに電気ビリビリするとゴブリンたちは派手に踊った。
『出鱈目《でたらめ》に動かした操り人形だな』
すべて脳天に突き刺しているし、確実にトドメとなっただろう。
流血は見られない。

おまけに串刺しになっているゴブリンどもを倉庫に格納できた。
ワイヤーを介した状態でも接触扱いになるようだ。
『素晴らしいね』
トドメを刺したら即座に回収できるなんて効率がいいなんてものじゃない。
一気に殲滅とはいかないものの俄然やる気が出てきた。
「やってやるぜ！」

18　討伐が完了しても後始末は残っています

ポップしたゴブリンの殲滅に新魔法を使ったのは正解だった。
格闘戦を続けるより遥かに効率が良かったし。
倉庫にお片付けな裏技も発見した。
それでも――
『舐《な》めてたなぁ』
ただいま絶賛、凹み中。
さすがに数十万匹という数は多すぎたと言わざるを得ない。
おかげで終わったのは空が白み始めた頃であった。
『どう考えても完璧を求めすぎたよなぁ』
魔法を使う前にやらかしたことで気にしすぎたのかもね。
爆散させたりへし折ったりした分を魔法で始末しながら反省。
整地して何もなかったかのようにしておくのも忘れない。
仕上がり具合を見て更に凹む。

『多少、雑にやっても魔法でどうにかできたな』
その場合は後始末の時間を含めても半分近く時短になっていただろう。
『エコとか環境保護の感覚が強すぎた』
回収したゴブリンの死骸の量も頭痛の種だ。
『どうすっかな、これ』
西方の市場に流すにしても数十万匹は無理がある。
百匹単位でも買い取り拒否されるはずだ。
通称コアと呼ばれる魔物核もゴブリンじゃ最低品質だし。
『当面は亜空間倉庫の肥やしだな』
少なくとも今すぐ解決すべき問題ではない。
宙に浮きっぱなしで考えることでもないだろう。
俺は開けた草地に飛んで行き、ふわりと着地した。
「うへー、疲れたー」
そのまま脱力して草地に寝っ転がる。
肉体的には何の問題もないが精神的にはくたくただ。
ＭＰを確認すると、３割を切っていたはずの残量が凄い勢いで回復中。
それよりも注目すべきは総ＭＰ値だろう。
レベルも上がっていないのに増えている。

またしても【才能の坩堝】が効力を発揮したらしい。
常識にあるまじき勢いでＭＰ消費してたからな。
『トレーニングにはなったのか』
ある意味、今回の収穫と言えるだろう。
他には新しい魔法を２種類開発したのとスキル関連。
氷弾とメタルワイヤーはそれなりに使い勝手がいい。
今後も使う機会があるだろう。
スキルはもっと凄いかな。
昨日、獲得したばかりの【気配感知】がカンストして熟練度ＭＡＸだし。
こうなると【気配遮断】もゲットして忍者でも目指そうかね。
それから【多重思考】の熟練度が30に上昇した。
『神級スキルで戦闘前の３倍に増加って……』
驚くより呆れてしまう。
それだけの修羅場を潜ってきたと思うしかあるまい。
あと、付きにくくなったはずの称号が増えた。
まずは［研究者］。
これは属性の違う魔法を続けて開発したからだろう。
そして［ゴブリンの天敵］と［一騎当軍］。

あれだけやらかせば説明の必要もあるまい。
人に知られると厄介なことになりそうで憂鬱だ。
『ポコポコ増えられても困るんですがね』
余所の神様に注目されるっていうし。
『これ以上、目をつけられちゃ敵わんっつーの』
とっとと後始末して帰るに限るんだが……
『崩壊した迷宮核を回収しないといけないんだよなぁ』
憂鬱である。
山積みの仕事を片付けたと思ったら面倒な仕事がまだ残っていましたよ？
それとダンジョンの封鎖処理もしないと野良の魔物が住み着く恐れがある。
こんな所で繁殖されたら面倒だ。
おまけに迷宮核を吸収なんてしようものなら面倒が倍加する。
パワーアップしたり繁殖力が上がったりなんてことも考えられるからな。
余計に面倒な仕事が増える未来しか見えない。
「しゃーねえ、行くか……」
が、そこで立ち尽くしてしまう。
やる気が出る出ない以前の問題だ。
『ダンジョンどこだ？』

ゴブリンどもが多すぎたせいで大まかな位置を推定するのも無理っぽい。
迷宮核が崩壊したから魔力を感知する方法も使えそうにないし。
『だからといって片っ端から鑑定？』
こんな疲れてるときに冗談でしょって感じだ。
1分とかからずに情報の海に溺れて萎える自信がある。
「魔法でパパッと探せれば苦労は……」
嘆息混じりにぼやきかけて、ふと気付いた。
「魔法があるじゃん！」
地魔法を使って地下構造物を探せばいい。
ダンジョンだって地下構造物なんだし。
イメージは昔テレビで見た考古学の発掘調査に使われていた磁気探査装置だ。
『名付けて地下レーダー！』
さっそく使ってみる。
『半径1キロの範囲にはないか』
だが、これなら鑑定しまくるより遥かに楽だ。
探査にかかる時間も一瞬だから使いながら飛び回れば労せず発見できるだろう。
『という訳でレッツ探索！』
なんて気合いを入れて飛び始めた途端に大きな空洞を感知。

『早っ！』
上空から接近してみれば……
『あからさますぎるだろ』
さっき降りる前に気づけなかったのが情けないくらい周囲と違う。
針葉樹に囲まれて、どっしりとした感じのぶっとい木がそこそこの間隔で生えていた。
だいたい２００メートル四方ぐらい。
近づいてみれば異様さがよく分かる。
幹が異様に太くて枝葉とのバランスが微妙なのだ。
『まるで盆栽の唐松だな』
鑑定してみたら［大唐松］って出たし。
ひときわ大きい大唐松の根元を見れば人が余裕で通れるサイズの洞《うろ》になっていた。
『あれがダンジョンの入り口か』
地下レーダーに頼るまでもなく発見してしまった。
サクサク進んで実にありがたいけどね。
『よーし、この調子でガンガンいくぞ』
俺は洞の前に降り立った。
さっきまで面倒だとか思っていたのが嘘のようである。
本物のダンジョンを前にしてテンションが上がってきたみたいだ。

もぬけのカラなので過度の期待は禁物なんだが。
それでも暗闇の中をマッピングすることにワクワクしていたりする。
『筆記用具はないんだけどな』
今日のところは脳内スマホのメモアプリでマッピングだ。
様式美的に物足りない感じはするがね。
そんな訳で物作りのリストに筆記用具を加えておく。
『次は照明だ』
暗がりも余裕で見える俺には不要なものだが、あるとないとでは大違い。
ダンジョン探検の雰囲気は大事にしないと。
『問題は照明道具を持ってないことなんだよ』
たいまつとかランタンには少し憧れのようなものはあったんだが。
仕方がないので生活魔法のライトを使うことにする。
この世界の魔法使いもダンジョン探索の折には魔法で照明を確保するみたいだし。
『せっかく魔法を使うならランタンなどより使い勝手の良さを求めたいよな』
ただ、残念なことにライトの魔法は対象への位置が固定されるので使い勝手が微妙だ。
空間へ使えば室内照明状態となってしまう。
このため物品に付与せねば移動時の照明にはできない。
ランタンと大差はない訳だ。

『そんな訳でオレ仕様のライト作成決定！』
デフォルトでは術者が指定した位置と相対距離を保持。
これなら移動しても光の球体が置き去りなんてことにはならない。
後は任意で移動と分割や光量調節などができるようにしておく。
『この魔法はマルチライトと呼称しよう』
さっそく発動させて視線や指先などで動かしてみた。
スウッと滑らかに動く光球。
大きな蛍火といった風情だ。
続けて複数に分裂させた。
今度は思考だけで誘導してみる。
バラバラに動くが動きにぎこちなさはない。
『これはオールレンジ攻撃の気分が味わえるな』
ちょっと楽しくなってしまったが、何時《いつ》までも遊んでいる訳にはいかない。
思考制御をやめると所定の位置まで戻ってきてひとつに結合した。
続いて俺自身が動いてみる。
ちゃんと相対距離を保った状態で光の球体が動いてくれた。
『よしっ、行くか』
動きにズレがないのを確認した俺は意気揚々とダンジョンの入り口を潜る。

次の瞬間、テンションが急降下した。

「あー……」

思ったより天井が低かったせいかマルチライトが天井にめり込んでいたのだ。

障害物のことを考えてなかったのはミスだ。

発動中の魔法をその場で調整しながら俺は急な坂を下っていった。

□□□□□□□□□

坂を下りきると、そこは広めの空間だった。

下り通路よりはずっと天井が高い。

「さしずめ玄関ホールってところかな」

その先に続く通路は迷路っぽくなっているようだ。

「もうちょっと単純かと思ってたんだが……」

片っ端からマッピングしつつ踏破するのは思ったより時間がかかりそうだ。

マッピングしながら最下層を目指すという行為自体にはワクワクするんだが。

とりあえず雰囲気だけ味わってみるため1フロアを回ってみた。

「あんまりドキドキしない……」

そりゃそうだ。

魔物がいないことは分かりきっているからな。
あの角を曲がった所で待ち伏せがあるかもとか。
この部屋はモンスターハウスになっているとか。
そういった緊迫感がないとワクワクが萎《しぼ》んでしまうのだ。
『迷路巡りだけじゃなぁ……』
ゴブリンどもの討伐前なら、もう少しは楽しめたかもしれないが。
さっさと帰って休みたいという欲求が膨らんできた。
これ以上、根気のいる作業はしたくないというのもある。
『しょうがない。
ダンジョン探索は次回の楽しみに取っておくか』
俺は足を止めて地下レーダーを使ってみた。
「おおーっ」
動かずに脳内で3Dマッピングされていくのはちょっと面白い。
しかも見落としがない。
小さいダンジョンだから、あっと言う間に終わってしまった。
『そして【地図】スキルMAXか』
実に楽ちんではあるのだが……
「ふむ？　魔力の反応があるな」

崩壊した迷宮核の側に魔力をまとった何かがいる。
正体は不明。
分かるのは魔物でも魔道具でもなさそうだというところまで。
地下レーダーの魔法は鑑定している訳ではないので、これが限界だ。
が、お陰で少しだけモチベーションが上がった。
『これは見てのお楽しみにすべきだな』
少しのワクワクを胸に俺は奥へと進むことにした。
もちろん最短コースでな。

19　地下での邂逅《かいこう》

迷宮核が鎮座していた広間まで下ってきた。
「はい、到着っと」
ふうっと一息。
疲れた訳ではないが、ようやく感がある。
『戦闘も罠もなしでこれか』
いや、逆かもしれない。
大掃除を終えた後でやり残しに気付いた時の感覚に近い。
浅いダンジョンを最短距離で来たとはいえ最下層は11層目だ。
それなりに時間がかかった。
何の刺激もないまま、ただ歩くだけでは多少は辟易もするというものである。
「あれが迷宮核か」
ただし崩壊しているので割れてしまってバラバラだ。
小さいものだと指で輪っかを作ったくらい。

大きいとソフトボールより少し大きめだろうか。

元々はキャベツ一玉分ほどの大きさだったと思われる。

「まるで琥珀《こはく》だな」

濁りのない蜂蜜のようにも見えるそれは宝石のようにも見えた。

不思議なことに割れたとは思えないほど角がなく表面はツルツルしている。

まるで川で流されてきた石のようだ。

「崩壊時に魔力の奔流にさらされた結果、か」

【諸法の理】先生が教えてくれた。

知ったところで役に立つ知識ではないがね。

「さっさと回収だ」

俺は風魔法で小さな旋風をいくつも発生させ即席の掃除機とした。

ひとつひとつ拾い集めるより手っ取り早い。

瓦礫も一緒だが、それは集めてから地魔法で地面に同化させ均《なら》せばオーケー。

迷宮核の残骸だけが残ったところで倉庫へと格納した。

これで当初の問題は片付いた訳だが……

「残る問題は、こいつか」

俺の地下レーダーに反応したブツについては未解決だ。

「卵か？」

ダチョウの卵より二回りは大きいが形はそのものだ。

ただ、色つやは宝石っぽい。

艶《つや》のある薄い桃色をベースに虹のような光沢を発している。

「宝石……な訳ないか」

これが宝石なら加工して磨いた者がいることになる。

そんな訳はない。

『じゃあ何なんだ？』

卵のようで卵でない。

宝石のようで宝石でない。

「分からん」

正体不明のそれを矯《た》めつ眇《すが》めつの鑑賞会。

「魔力の波動は感じるんだが」

迷宮核のようにダンジョン全体へ波及させる感じじゃない。

どちらかというと緩やかに吸収する感じか。

「そう考えると卵っぽいか」

宝石みたいな殻のせいで生き物が入っている実感が湧かないが。

『でもって、この殻が曲者なんだよな』

吸収した魔力を外へ漏らさないようにしているように見えるのだ。

「そう考えると本当に卵だったりしてな」

その場合は普通の中身ではないだろうけど。

観察はこれくらいで充分だろう。

「さて、何者かな？」

【天眼・鑑定】を使って卵もどきを見た。

「…………」

数秒ほど固まってしまいましたYO？

「精霊獣の卵ぉ――――っ!?」

思いっ切り叫んでしまったさ。

人のいる場所なら赤面ものである。

だが、そんなことを気にしている場合ではない。

『精霊獣ってなんぞや？』

精霊ってのは肉体を持たない魂のような超自然的な存在じゃなかったっけ。

炎の精霊とか樹木の精霊とか色々個性があったように思う。

飛賀春人としての知識ではそのはずだ。

『それが獣と、どう繋がるんだよ？』

訳が分からんので【諸法の理】で調べてみた。

精霊については概《おおむ》ね日本人だった頃の知識と一致。

問題は精霊獣なんだけど……
［卵から生まれることで精霊が受肉した状態となったもの］
だってさ。
真っ先に思い浮かんだのが方位を司る四神だった。
『四獣とも言うんだっけ』
俗に言う青竜、白虎、朱雀、玄武だな。
生憎とこのあたりは古い知識とは違っていた。
［ルベルスの四獣は方位を司る存在ではありません］
だそうだ。
［なお、四獣は精霊より格上の神獣に分類されます］
それは理解したので精霊獣の説明文の続きを読む。
［精霊は波長の合う相手の魔力を感知すると卵に変異。
卵の形態で環境魔力を吸収し霊体と徐々に融合させ変態していく］
『変態ってサナギか？』
卵でサナギとか訳が分からない。
まあ、そういうものと認識するしかないだろう。
［卵に変異した直後は亜空間に退避］
『退避してませんよぉ』

内心でツッコミを入れながら続きに目を通す。

「目覚める直前になると顕現する」

「顕現してるんですけどぉっ!?」

全力でツッコミを入れたさ。

「ペットを飼ったことのない俺にどうしろと？」

四獣に次ぐ存在らしい精霊獣をペット扱いするのもどうかと思うけど。

説明文は飛ばして他の鑑定結果を見る。

できれば、そうであってほしくないという願いを込めて。

「所有者：ハルト・ヒガ」

現実とは無情なものである。

要するに俺と波長が合った訳だ。

『このまま帰りてー』

とは思うが放置して帰るという選択はできなくなってしまった。

俺のせいで捨て精霊獣になったりしたらシャレにならん。

それに野良精霊獣になって何か周囲に悪影響があったりしたら……

どんな結果になるにせよ罪悪感がハンパないことになりそうだ。

「どうか暴れん坊でありませんように」

鑑定結果の続きを見る。

［属性：夢］
「よりにもよって夢属性かい」
ナイトメアとかサキュバスとかを連想してしまった。
悪夢に淫夢……
どちらも悪魔かそれに類する存在みたいだけどさ。
そういうのしか思い浮かばないんだよな。
できれば悪夢を食べるとされるバクなんかを希望したいところだが。
『種族は何だ？』
そこが大事。
もちろん確認しましたよ。
「マジか……」
ちょっと意外なやつだった。
一定レベル以上の精神感応波を使う精霊獣は夢属性になるらしいけど。
「お？」
説明文の最後にカウントダウンする数字がある。
どうやら孵化《ふか》するまでの時間らしい。
残り20秒を切った。
『こうなれば腹をくくるしかないな』

数歩下がって大人しく待つ。
『……3・2・1・ゼロ！』
何もない。
いや、精霊獣の卵はあるのだ。
孵化する様子がない。
「いや」
卵の表面が徐々に輝きを増している。
それは波紋のように表面で拡がり消えていく虹色の明滅だった。
煌《きら》めきが脈打つようなリズムで徐々に強く速くなっていく。
『ゼロのタイミングで割れる訳じゃないのか』
気が抜けた。
『孵化に失敗したのかと思ったぞ……』
そして卵は光の強さを増すごとに桃色から金色へと変化していった。
普通の卵の孵化の仕方ではない。
『まあ、精霊が受肉するわけだしな』
卵が完全に金色となった直後、虹の発光が止まった。
次の瞬間、卵が爆発的な閃光を発した。
「うわっ！」

普通なら網膜が焼き付くぐらいの強く激しい光。
俺には瞬間的な目眩ましにしかならなかったが。
そして光が収束する。
「おおっ！」
卵が消えた。
いや、姿を変えたと言うべきか。
ウサギをデフォルメしたような二足歩行の生き物がそこにいた。
『ウサギのゆるキャラ？』
そう思うくらい縫いぐるみ感が満載で獣的な部分を感じない。
細長の耳に穴がないのが余計にそう思わせた。
顔は面長でノッペリさんだ。
が、小さくつぶらな瞳と草食動物っぽい口が何処か愛嬌を感じさせてくれる。
『見る人によっては、とぼけた表情に見えるかもね』
生まれたてなのに結構大きめ。
耳も含めれば俺の胸元に達している。
もしかすると、これ以上成長しないのかもしれないが。
色は卵のときと同じパステルカラーの桃色。
縫いぐるみ感あふれる姿にマッチしていると思う。

それだけに――

『本当に生き物なのか？』

とは思ってしまうがな。

特に手の指なんかは物を摑めるのかと言いたくなるくらいだ。

関節なんて何処にあるのか状態だし。

尻尾もフサフサの丸である。

どこもかしこもデフォルメ感が凄い。

そのせいか現実世界にアニメキャラが飛びだしてきたような錯覚を起こしそうだ。

卵の殻が残っていないせいもあるのだろう。

殻も残さず変態したせいか卵から生まれた気がしない。

『これが精霊獣カーバンクルか』

唯一、リアルが感じられるのが額の中心にある赤い宝石っぽい何か。

第3の目って感じだ。

『ビームが発射されたりしてな』

目から……

いや、何でもない。

20　名前と契約

精霊獣カーバンクルが俺を見上げる。
「くぅ？」
と鳴いて不思議そうに首を傾げた。
『くっ、可愛いじゃないか』
俺の中のカーバンクル像とは違うが捨て精霊獣にしなくて良かったと思う。
念のために拡張現実で種族名を確認する。
[種族：カーバンクル]
卵の時から決まっていた正体が変わるはずもないのだが。
イメージの脱却はなかなかに難しいのである。
ちなみに俺が思い描いていた姿は古いパズルゲームの中に出てくるキャラクターだ。
主人公の相方でカレーライスが好物のマスコット的存在。
俺、あのゲームの2作目が好きだったんだよね。
「ホントにカーバンクルなんだな」

「くう！」

当然！　と体全体を使って頷く精霊獣カーバンクル。

額の紅玉がキラリと光った。

鑑定結果によると、第３の目とも言うべき精神感応波のセンサー兼アンプだそうだ。

嘘発見器のような働きをするみたい。

『それで夢属性なのか』

精神系の魔法全般が夢属性ということなので頷くしかあるまい。

俺が考えに耽《ふけ》っているとカーバンクルは近寄ってきた。

俺を見上げながら脚をポンポンと叩く。

「くぅくくー？」

体を使いながら鳴き声を発する様は、さながら動く縫いぐるみである。

初見だと衝撃的な可愛らしさだ。

「名前か？　俺はハルト・ヒガだ」

「くぅ」

俺の返答に鳴き声と頷きで返してきた。

不思議と会話が通じ合う。

脳内スマホの言語補助アプリを使っても言語翻訳はできないのに。

どうやら鳴き声に念話のような精神波を乗せているらしい。

『さすが夢属性だな』

「くーくうくぅくっくーくぅくー」

「契約するから名前をつけてくれって？」

「くうっ！」

体全体で頷き強く肯定する。

鑑定したときの説明文によると今は仮契約の状態らしい。

『名前をつけてようやく本契約か……』

「今すぐか？」

「くぅくっ！」

是非とも！　と言われてもなぁ。

「じっくり考えた方が良くないか？」

「くっくっくー」

両手を広げ上下にブンブンと振って懸命に抗議してくる。

『俺的には落ち着いて考えたいところなんだがな』

仮契約は他者には解除不能みたいだし。

「自分の名前が昆布茶とか嫌だろ」

「くぅくっ」

もちろん、か。

俺も相方がそんな風に呼ばれるのは嫌だ。

「じゃあ適当に言っていくから気に入ったのがあれば、そこで止めろよ」

「くぅ～」

まずは小説や漫画などに登場するヒロインの名前を挙げてみる。

片っ端から却下された。

ネタ切れしたので見た目でリトライ。

「ラビ」

無言でそっぽを向くように首を振られた。

だんだん面倒になってきたようだ。

「ウサウサ」

これも省略形で否定。

「ピョン」

やはり否定。

「じゃあ鳴き声で、クー」

「くっくくぅ」

ようやく言葉で返事があったと思ったら、安直すぎるってさ。

『そう言われてもなぁ……』

「俺のネーミングセンスなんてこんなものなんだぜ」

「くーくぅ！」

それでも！　ですかい。

「カーバンクルだからってカーちゃんとか嫌だろう？」

「くぅっ!?」

カーバンクルがビクンと痙攣するように反応した。

『なんだ？』

ガックリと膝をついて四つん這いになったぞ。

「あ、項垂《うなだ》れた」

これ以上ないというくらい落ち込んでいる。

あまりに安直すぎたようだ。

「すまんな」

「くうーくうー」

急にすがり付いてきた。

「おおっ、どうした？」

意味のない単なる鳴き声だったから俺には対処しようがない。

とりあえず怒っている風でないのは分かるのだが。

「くぅっくーくくぅくーくうくぅくーくっ！」

「は？」

かなり必死な感じで訴えてきたぞ。

「生まれたばかりで母親になるのは真っ平だって？」

一瞬、何のことだか分からなかったが、すぐに気付いた。

母ちゃんと勘違いされると言いたいのだろう。

「俺だって誤解を招く呼び方はしたくないぞ」

それを聞いたカーバンクルは安堵したらしい。

「くう～」

ヘナヘナとへたり込んでしまった。

「ちゃん付けがダメだって言うなら、君付けでもダメだよな？」

念のために聞いてみた。

「くーくぅっ！」

もちろんっ！　と全力否定。

「くーくーくうくぅくぅ」

種族名をもじるのは嫌ですか。

「そうは言うけどさぁ、ネタ切れだぞ」

アレもダメ。

コレもダメ。

みんなダメ。

八方ふさがりだ。

「じゃあさ、どういうのが良いのか教えてくれよ」

「くぅ」

コクリと頷くカーバンクル。

「くぅくーくっくくうくーくっくっくぅ」

格好良くて可愛いけど呼びやすい名前だそうだ。

「無茶振りしてくれるじゃないか」

名付けとなれば一生もののプレゼントだから言いたいことは分からなくもない。

日本じゃヤバい名付けをする親が増えているそうだけど。

『そういや役所でも微妙な名前の出生届を受けたことがあるなぁ』

子供が生涯にわたって苦労することを思うと気の毒で仕方なかったさ。

ネット巡回で見たネタっぽいのと違ってリアルだからな。

書類に不備がなければ受けない訳にはいかないし……

ちなみに名前の読みだけなら住民票を置いてる役所に行けば訂正は可能だ。

本格的に改名するのは戸籍に関わることなのでハードルがやたらと高くなるけど。

それを思えば断じて変な名前は回避せねばなるまい。

とは言うものの……

『ネタ切れしてるのに即刻決めろとか無理ゲーだ』

せめて時間的な猶予があればね。
本人の趣味や嗜好も考慮に入れられるだろうし。
そういうのが難しいとなると外見でしか決めようがない。
『ウサギ系は却下されたばかりだしなぁ』
そうなると額の宝石っぽいのに因《ちな》むしかなさそうである。
「ルビー」
「くぅ」
却下、だそうだ。
鉱物系はいけるかと思ったんだが。
『ならば体色から引っ張ってくるか？』
薄桃色で真っ先に思いつくのはローズクォーツだ。
「じゃあ、ローズ」
クォーツは名前っぽくないので省略した。
これで本当にネタ切れだ。
『ダメなら不貞寝するぞ』
カーバンクルが首を傾げている。
検討の余地はあるようだ。
そのまま腕を組んで考え込み始めた。

『即決で判断しないってことはボーダーライン上か？』

こういう時に待たされるのは胃にくるね。

『ダメか？』

やたら時間の経過が遅く感じる。

「くぅっ」

突如、カーバンクルが両手を腰に当てて俺の周りをスキップし始めた。

「気に入ってくれたか？」

実に楽しげなのを見れば聞くまでもないかもしれないが。

「くーくーくぅくっくうくくー」

エクセレントかつエレガントですか。

『だったら即決してくれよ』

「その割には考え込んでたようだけど？」

「くうくっくーくーくぅくう」

反芻《はんすう》して余韻に浸っていた、だって？

「紛らわしいわっ」

「くうっ」

てへって……

なんにせよ気に入ってくれて何よりだ。

「本契約ってことでいいか？」

「くーくっ」

もちろんと了承された。

ホッと一安心だ。

「ヨロシクな、ローズ」

しゃがみ込んで右手を差し出した。

向こうが手を伸ばせば握手もできただろうが目線を合わせておきたかったのだ。

カーバンクル改めローズもスキップを止め、手を差し出してきた。

「くーくー」

ヨロシク、だってさ。

お互いの手を握ると淡い光に包まれる。

その光が収束していくのと同時に掌から俺のものではない魔力が流れ込んできた。

『へえ、魔力的な繋がりができるのか』

それは手を離しても変化がない。

意識しなくても互いの状態が伝わる感じがある。

居場所の特定には向いてなさそうだが、状態異常なんかは伝わりそうだ。

「ん？」

ふと気づくと、手を離したローズが俺を見上げた状態で固まっていた。

「どうした？」
返事がない。
というより反応さえない。
顔の前に手をかざして横に振ってみるが、やはり無反応。
『本契約したと思ったら、いきなりフリーズか？』
パソコンがハングアップしたときのように辟易した気分になった。
直後に脳内スマホの着信音が脳内に響いた。
「うおっ!?」
このタイミングの着信音は心臓によろしくない。
が、ベリルママに報告してなかったのは俺だ。
誰を責めることもできない。
メールだけでも送っておくべきだったかと反省しつつ、通話ボタンを押した。
『くうくー？』
『は？』
いつからベリルママはローズの真似をするようになったのか。
そんなことを思ったのは一瞬だったが。
自分の天然ボケぶりに些か情けなくなってしまった。
『聞こえるぞ』

聞こえる？　と聞いてきたローズに返事をする。
よく見ればグループ通話のメンバーアイコンが表示されているんですがね。
『ベリルママの仕業ですか』
ローズがフリーズしていたのは、そのせいだろう。
他に脳内スマホを渡せるような相手がいるとも思えない。
『あらら、気づかれちゃった』
『気付かない方がおかしいでしょう。メンバーアイコンが出てますから』
誰からか確認せずに電話に出た俺が偉そうなことは言えないけど。
『あー、そうだったわね～』
あっけらかんとした返事に目眩を覚えた。
お茶目なのか天然なのか謎な女神様だ。

21　守護者な相方

ローズが子供のようにはしゃいでいる。
『くうくぅ～』
これ面白いとか言ってますな。
念話とは色々と別物だし喜ぶのも無理はない。
超省エネでテレビ電話みたいな使い方も可能だし。
この調子だと早々に使いこなしそうだ。
それはいいんだけど、デジタルグッズを使う精霊獣とかシュールすぎじゃね？
ファンタジーの絵面に合ってないのだけは確かだと思う。
気にしても何も変わらないので話を進めるとしよう。
『じゃあ任務完了でいいですか』
『一応ね。
御苦労様でした』
『はい？』

労いの言葉は嬉しいのだが、一応と言われると引っ掛かる。
まあ、あの規模で魔物が湧いたんだ。
余波があっても不思議ではない。
『大丈夫よ。魔物がらみのトラブルじゃないから』
さすがは神様。
見透かされている。
『くくー』
頑張れって……
お前は関わる気なしかよ、ローズ。
『では帰っても？』
『ええ、もちろん。
ゆっくり休んでちょうだい』
『はい、失礼します』
『くっくぅー』
バイバーイとローズ。
神様相手でもブレないね。
そんなこんなでグループ通話は終了した。
「ふぅ」

一息ついて気持ちを切り替える。
「さて、帰るとするか」
まだ何かありそうなんだが、気にしても始まらない。
何であるかが分からないから対策の立てようがないし。
大丈夫と言われているから致命的な事態にはならないはずだ。
「外に出るぞ」
ローズに呼びかける。
「くぅ」
俺たちは並んで歩き始めた。
帰り道も特に問題はないせいか散歩気分である。
ローズは何も語らない。
まあ、俺も同じなんだけど。
そんな訳で今回の一件を振り返ってみる。
まず、ショックなことがひとつある。
『あれだけ暴れてレベルアップなしだったんだよな』
気分は罰ゲームだ。
【才能の坩堝】のお陰でゴブリン相手でも一応は経験値が入っている。
しかも倒した数は中核都市の人口並みだ。

なのにボーナス経験値の方が多い。

主なものは万単位の軍勢を相手にしたことに絡んだものだ。

対軍勝利、負傷ゼロ、周辺被害極小、そしてタイムボーナスといった具合。

後は新魔法を開発した分もあるな。

片手間レベルの労力で魔物倒すより効率いいとか……

こだわった甲斐があったのだけが救いだ。

『そういや受肉後のローズのステータスを見てなかったな』

[ローズ／精霊獣・カーバンクル／守護者／不定／0（586）歳／レベル293――]

『守護者ってなんだ？』

ここは【諸法の理】先生の出番である。

[契約したパートナーを外敵や不幸から守るジョブ]

実体のある守護霊みたいなものらしい。

[なお、精霊獣が守護者となった場合は実体と霊体を自由に選択できる]

だそうだ。

使いこなせば最強ではないだろうか。

『で、性別は不定と』

仕草や雰囲気が女の子っぽいけどな。

年齢は性別よりややこしい。

『子供なのか年寄りなのか』
精霊として600近く齢《よわい》を重ねてきたが受肉したばかりだから0歳ってことみたい。
『これがリアルロリBBAってやつなのか』
ロリはともかくBBAは禁句だろう。
口にした途端に守護者とか関係なく襲いかかってきそうだ。
俺はMじゃないから自爆フラグを立てたりはしないぞ。
『レベルは精霊の時から引き継ぎしてるな』
霊体のみの精霊から、より高位の存在に進化したからってことだろう。
なんにせよレベル1からやり直しにならなくて良かった。
『そして称号だが……』
[精霊獣（前：孤独の精霊）・超人の相棒・女神の知己]
『ぼっち仲間、発見！』
と思ったら仲良く一緒にぼっち返上だ、やったね。
[精霊獣の友（前：ぼっちの道を歩む者／元：チョイぼっちオヤジ）]
『ただなぁ……』
問い詰めたくなる称号があるんですがね。
『[超人の相棒]って何だよ!?』
俺は目からビームを出す赤マント野郎じゃないぞ。

空は飛べるし常人離れした力はあるけどさ。

『目からビーム以外は条件満たしてんじゃねえか……』

とはいえ超人は受け入れられるものではない。

俺はあくまで普通の人間だ！

え？ ［女神の息子］が普通なはずがない？

ぐぬぬ……

次だ、次！

ローズの称号、ラストは［女神の知己］である。

これは今し方ついたものだろう。

ただ、それ以前から神様のことを知っていたみたいなのが気になる。

「なあ、ローズ」

「くぅ？」

ヒヨコヒヨコと歩きながら俺の方を見上げてきた。

歩幅は小さいが理力魔法を補助にして滑るように俺と等速で歩いている。

『逆ムーンウォークだな』

「前から神様のこと知ってたのか」

「くうくー」

もちろん、だって。

「じゃあ管理神が他にもいるとか」

「くー？　くうくぅー」

えー？　なにそれー、と首を傾げているぞ。

「くーくうーくくっ？」

神様が一杯いるの？　とか興味津々で聞かれてしまったよ。

どうやら神様のことは存在するということしか知らないらしい。

『これは地球とか異世界のことから説明する必要がありそうだな』

終わりが何時になるか見当もつかない。

「細かい話は帰って一眠りしてからで頼むわ」

いい加減、休みたいしな。

「一晩中ずっと戦ってたから怠《だる》くてさ」

「くーくぅくっくー？」

何と戦ってたのさ？　って……

食いつかれるとは思わなかった。

余計な一言だったかもしれないが答えない訳にもいかない。

「ゴブリンだよ」

「くっくー……」

『落胆されたっ!?』

「なぁんだ、とは何だ。

数十万匹のゴブリンどもを1人で相手してたんだぞ。

それも周辺被害を極力出さないよう縛りありでだからな』

「くぅくっくくっー!?」

なんですとぉーっ!?　と飛び上がるローズ。

まあ、ここまで難条件が加わると評価も変わるよな。

「くうくっくくーくぅくー？」

何処にそれだけいたのさ？　だそうだ。

卵の状態では大量発生のことを感知できなかったんだな。

「ここのダンジョンの迷宮核が暴走したせいだよ」

「くぅー！」

俺の説明にローズが興奮し始めた。

歩きながらカンフーアクションのようなことを始める。

動きもキレが良くて素人とは思えない。

『可愛い顔して何処で覚えてくるんだよ、そんなの』

ローズの臨戦態勢にも呆れるばかりである。

「1匹も残っていないぞ」

「くくっ！」

ガーン！　とか言ってガックリと膝から崩れ落ちてしまった。
四つん這いのまま理力魔法で滑って移動してるけどな。
『大袈裟というか態《わざ》とらしいというか……』
「戦いたいなら適当に魔物でも探すといいさ」
シャキーンとローズ復活。
この世界のカーバンクルは随分と好戦的である。
「誰彼かまわずは厳禁だぞ」
「くぅくぅ」
もちろん、とか言ってるけど大丈夫なんかね？
『その時はその時か』
いざって時は俺が阻止するしかないだろう。
『どっちが守護者か分からんな』
その後は、他愛もない話をしながら地上を目指して上へと進んでいった。
主な話題は俺が今住んでいる場所の話。
場所や周囲の風景なんかは幻影魔法で見せたりもした。
分かりやすさ優先なんだが、海竜との戦闘は話だけで映像は自粛。
『興奮させたら、どうなるやら……』
そうこうする間に最上層の広間にまで戻ってきた。

あとは坂を上って木の洞を潜って外に出るだけ。

ただし、俺が中に入っている間に状況が変わっていたようだ。

「気付いてるか？」

「くぅくー」

もちろん、という返事。

外にいる連中の気配もちゃんと察知しているようだ。

「殺気は放っていないな」

「くっくぅ」

「用心しろ？

言われるまでもない」

戦闘が好きそうなのに突撃などはしないようだ。

ジョブが守護者なだけはあるみたい。

「気配の殺し方からするとゴブリンのような雑魚ではないぞ」

「くぅ」

ローズは頷いて外へと繋がる上り坂を睨んでいる。

むやみに殺気を放とうとしないあたり慎重だ。

気配の散らし方なんかも参考になるね。

俺も真似をしつつローズとアイコンタクトを取った。

互いに頷き合うと上り坂に向けて歩き出す。
『さて、どんな歓迎をしてくれるんだ？』

22　地上での邂逅

俺とローズが大唐松の洞から出た。
その瞬間、シュバッと鋭く空気を切り裂く音が耳朶《じだ》を打つ。
『へえ』
ちょっと感動。
あちこちに隠れていた50名を超える者たちが瞬時に集《つど》っていたからだ。
そして俺たちの眼前で綺麗に整列しつつ跪《ひざまず》いている。
『片膝をついて畏《かしこ》まるとか、どこの忍者だよ』
第一印象はそんな感じ。
覆面はないし色にもデザインにも統一性がない忍者装束だけれど。
ただ、体型は人なんだけど面構えはややデフォルメが入った猫や犬だ。
デフォルメとリアルの中間といったところか。
ローズほど可愛い系にシフトしているわけではないので野性は感じる。
ただし二足歩行で骨格的にも人間に近い。

尻尾はあるけどね。
あと、背中にはデフォルメしたような小さい羽があって天使っぽい。
忍者かと思ったらモフモフ度の高い獣人のようで天使かも？
『訳が分からんな』
とりあえずインパクトの高さで忍者として認識しておく。
異世界で忍者を見るとは思わなかったし厨二心をくすぐられたのが大きい。
しかし、ローズはそうじゃなかった。
天使もどきの犬猫忍者たちが飛び出してきた瞬間にスイッチＯＮ！
両手から鉤爪っぽいのが「シャキーン！」と飛び出して戦闘準備完了。
腕と同じくらい長くて反り具合なんか先折れの日本刀ですよ。
『どこに隠してたんだよ』
もはや暗器の域を超えている。
そんなの引っ提げてすっ飛んでいこうとするから困ったものだ。
相手は微塵も殺気など放っていないっていうのに。
「ストップだ、ローズ！」
慌てて首根っこをつかんで阻止したけど。
「くう――――っ！」
バタバタともがくローズ。

「落ち着けよ。相手は無抵抗だぞ」

「くう？」

ローズの動きがピタリと止まった。

「殺気立ってもないだろう？」

「くー」

納得したらしく刀もどきの鉤爪もシュキンと音を立てて引っ込めたので手を離した。

『だから何処に仕舞ってるんだよっ』

追及したいところだが目の前に現れた忍者に対応する方が優先されるだろう。

とにかく動かないし喋らない。

突撃しかけたローズにも気付いていたはずなのに応戦の構えを見せなかったし。

とにかく片膝をついてうつむき加減のままで畏まっているだけだ。

『敵意はないってアピールか』

意思統一は完璧だ。

着ている忍者装束の色はまちまちなのにな。

改めて観察してみると似たような体格の者が多い。

大半はローズより少し背が高い程度。

最後部に小さいのが何人か。

それと一番手前の２名が俺の肩くらいまでの背丈がありそうだ。

『この2人がリーダーっぽいな』
忍者なら首領と言うべきだろうか。
向かって右側は厳つい顔のハスキー犬で見るからに怖そうだ。
左はシャープな雰囲気の猫さんである。
記憶違いでなければカラカルとかいう山猫だったと思う。
その他大勢は世界の犬猫大集合な感じ。
背中の可愛らしい羽がなければ獣度が高めの獣人と思ったかもしれん。
『珍しい種族のようだな』
俺は【天眼・鑑定】スキルを使った。
『猫っぽい方がケットシーね』
俗に言う猫妖精だ。
忍者装束のせいでイメージが湧きづらいがな。
『犬っぽいのはパピシーだって？』
猫妖精の親戚のようなものらしい。
『ケットシーの犬版ってことか』
「妖精が何の用だ？」
とりあえず声を掛ける。
この世界の共通語で通用するか疑問だったけど。

「お初にお目にかかります」

カラカル顔が流暢に応じたことで杞憂だと判明した。

なんというか仕事のデキる女って感じの声だ。

そんなことを考えていると一同が深々と頭を下げた。

ますます忍者っぽい。

「ああ、初めましてだな」

「くー」

俺たちが返事をすると元のうつむき加減な状態に戻った。

「我らはこの近辺を根城としていた者にございます」

今度は武人って感じの渋い雰囲気を醸し出すハスキー顔が喋った。

「あー、そりゃすまん。ゴブリンが大量に湧いたのは俺が原因だ」

「いえ、お気になさらず」

今度はカラカルが口を開く。

『交互に喋るのは何故だ？』

「我らは貴方様の戦いぶりに感服するばかりでした」

確かに遠巻きに見られていたのは気付いていたが殺気もなかったので放置していたのだ。

「それで俺に何をしろと？」

集まってくるということは要求があるということだ。

抗議をしたくて来たって風には見えないし。
『面倒くさそうだなぁ』
こっちは休みたくて仕方ないんですがね。
「俺と力比べでもしたいのか？」
軽い試合感覚で聞いてみたのだが。
「滅相もございません！」
震え上がってリーダー格の２人がハモっていた。
他の犬猫妖精たちも、少しだけ顔を上げてブルブルと全力で首を横に振っている。
直後にハッと気づいて、また視線を合わさぬように俯《うつむ》いた。
ちょっと傷つく反応である。
『まあ、ゴブリンどもを蹂躙するのを目撃したんじゃ無理ないか』
「偉大なる御方に挑もうなど恐れ多いことです」
カラカルはガクブル状態で言った。
他の面子も同じ状態だ。
その評価はドン引きだが、訂正を求めると余計に畏縮してしまうだろう。
「何も本気でやり合おうってんじゃないさ。
敬意を払ってくれる相手が手合わせを求めるなら吝《やぶさ》かではないってことだな」
一瞬、呆気にとられた表情になる一同。

「ありがとうございます。ですが、我らは感謝を述べたくて参った次第」

ハスキー顔も震えながらどうにか目的を語った。

「感謝だって？」

「「はい」」

「我らはダンジョンが周辺地域を侵食していくのを食い止められずにおりました」

どうやらここのダンジョンは元から成長しつつあったようだ。

それを阻止するには迷宮核を消耗させる必要がある。

ダンジョン内の魔物を間引くだけで普通はそれが可能なのだが。

「我らではダンジョンを弱体化させられませんでした」

「どうにか急速な拡張だけは防いでおりましたが、それが精一杯で……」

悔しそうに語るカラカルとハスキー。

『妖精たちは薄氷を踏む思いでダンジョンと向き合っていたってことか』

【諸法の理】で調べてみた。

どうやらマジらしい。

小規模なダンジョンも放置すれば大迷宮へと変貌してしまうことがあるようだ。

『ここも暴走しなきゃ成長を続けていたみたいだし』

妖精たちが対応しきれなくなる日もそう遠くない未来だったと思われる。

『そりゃあ、感謝したくなるか』

ただ［一騎当軍］なんて称号がつくほどの戦いぶりを目の当たりにしてしまっている。

俺の前に出てくるだけでも相当の胆力を要求されたことだろう。

その義理堅さと勇気は称賛に値するというものだ。

「感謝の意、しかと受け止めさせてもらう」

俺の言葉に忍者妖精たちは一様にホッとした表情を見せた。

「だが、それだけじゃないいんだろ」

次の言葉にはビクッと体を震わせていたが。

そして誰も喋らなくなった。

カラカルもハスキーも何か言いたげだが、口をつぐんでいる。

「怒らないから言うだけ言ってみ」

先頭の両名がポカンとした表情で俺を見上げた。

「そうそう、ちゃんと俺を見てくれ。怖いかもしれんが、無闇に暴力を振るったりはしないぞ」

「こっ、これは失礼しましたっ。我ら一同、粗相があってはならないと――」

「気にしなくていいよ」

苦笑しながらカラカルの言葉を遮る。

「俺としちゃ畏まられる方が疲れるんだよ」

そう言いながら地面に胡座《あぐら》をかいて座り込んだ。

ローズもそれに倣《なら》う。

座り方は胡座ではなく足を投げ出した形でだけど。

少しでも威圧感をなくそうと思ったんだが効果の程は微妙である。

少しはリラックスしてくれないと俺も罪悪感のようなものを感じて落ち着かないのだが。

『妖精たちが苦々しく思っていたであろうダンジョンを封印してみるか？』

二度とダンジョンにならないと分かれば安心してくれそうな気がする。

「あー、ちょっと先にダンジョンを封印するからな」

そんな風に予告してから上半身だけで振り返りつつ空間魔法を使った。

ベリルママが元の世界で外界と隔離するために使った魔法がお手本だ。

「はい、終了っと」

パパッと終わらせて前に向き直ると忍者妖精たちが平伏していましたよ。

『なんでだよっ!?』

想定外の結果に頭を抱えたくなったさ。

ローズが肩をすくめ、お手上げのポーズをしていた。

解決の糸口すら行方不明で途方に暮れるしかないような状況だ。

だが、なにかおかしい。

最初から違和感はあった。

なんといっても妖精たちの登場の仕方が外連味《けれんみ》タップリだったたし。

『にもかかわらずビビっているんだぜ？』
変だと思わない方がどうかしている。
格好だってルベルスの世界にそぐわないアニメ風味な派手派手しい忍者装束だし。
『まるで俺の趣味を事前に誰かが吹き込んだみたいじゃないか』
心当たりはある。
ひとつしかないと言うべきか。
「ラソルトーイ」
これ以上ないくらいの心当たりをボソッと呟くと、妖精たちがビクッと反応した。
それで充分だ。
俺は脳内スマホのアドレス帳を開き電話をかけた。
コール音1回でつながる。
『私に連絡を入れるとは賢明な判断だ』
挨拶もなしに、すべてを察していると言わんばかりのルディア様である。
俺から「もしもし」とすら言わせてもらえなかった。
今回の件はよほど腹に据えかねたらしい。
姿が見えなくても怒気を感じるほどだ。
『兄者の仕業だとよく分かったな』
『こういう仕込みをやりそうな知り合いは他にいませんから』

そう答えるとハッキリと分かるほどの溜め息が聞こえてきた。
『スマンが、そちらのフォローは任せた』
ルディア様は努めて冷静に話そうとしていたが、それでも抑えきれないものを感じる。
苦情なんて言える雰囲気じゃない。
『はい』
『あれは私が締め上げておく』
それで電話が切れた。
つながった時も切れた時も唐突だ。
ラソル様への怒りが頭の中を埋め尽くす勢いなんだろう。
どんなお仕置きになるのか想像もつかない。
まあ、悪ふざけが過ぎるラソル様が悪いのだし、ご愁傷様としか思えないがね。
そんなことより妖精たちのフォローだ。
脳内電話の通話が終わった後も妖精たちは怯えたままだった。
ルディア様に任された以上は俺がどうにかするしかない。
「とりあえず土下座は止めてくれないか」
この一言だけでもブルブル震えるんですが。
『俺にどうしろと?』
ここまで重症だと何を喋っても逆効果にしかならなさそうで気が重い。

彼等が落ち着くまで待つ必要がありそうだ。
「寝るわ」
単に待つだけでは時間の無駄だからな。
睡眠中に不測の事態になっても【多重思考】スキルで即応できるし。
「話は後で聞く」
その場で横になって自分の腕を枕代わりに眠ることにした。
ローズも俺の真似をして横になる。
『なかなかどうして剛胆だ』
守護者なだけはある。
なんにせよ押してダメなら寝るだけだ。
『果報は寝て待てとも言うしな』

23 一緒に食おうぜ

目が覚めたら夕方だった。
気付いたパピシーとケットシーたちがササッと姿勢を正す。
『まるで忠臣だわ』
端からはそうとしか見えないだろう。
別に俺はこいつらの頭領ではないんだがな。
『もしかしてカラフル忍者のコスプレで自分たちに酔っているってことはないよな？』
無いとは言い切れないところが怖いんですがね。
俺はゆっくりと起き上がり――
「んー」
座った状態で伸びをした。
同時に、ぐぅと腹が鳴る。
『そういや昨日から何にも食ってなかったっけ』
空腹感を覚えないのは体が特別製だからかレベルのせいか。

ただ、空っぽの胃が音を出すのまでは防ぎようがない。
「いやあ、悪い。
昨日から何も食ってないんでね」
ひとこと断りを入れて倉庫から軽く食べられるものを出そうと思ったのだが……
「「申し訳ありません！
すぐに何か用意させます！」」
カラカルとハスキーが同時に立ち上がって早口で捲《まく》し立てた。
さすがにスピードに特化している忍者だけあって反応も行動も素早い。
「ああ、待った待った」
行動に移られると面倒なので俺も即座に切り返す。
ただし、なるたけお気楽な調子になるように。
「食べ物は有り余るほど持ってるからさー」
一応は笑ってみたつもりだが、まるで似合っていない。
俺の素顔を知る大学時代の約２名が今の光景を見たら何と言うだろうか。
まあ、二度と関われない相手のことを考えても仕方がない。
『軽薄なキャラはガラじゃないよな』
職場で鉄仮面と密かにあだ名されていたのは伊達ではない。
気を遣ったつもりがグダグダだ。

ただ、妖精たちが怯えた様子を見せていないのは収穫である。

微妙で半端な笑顔でも鉄仮面よりはマシらしい。

「ちょっと早いけど晩飯にしようぜ～」

ゆっくりと立ち上がりながら言ってみる。

「く～」

ローズが楽しげに返事をしてくれた。

そう、ローズだけだ。

気持ちが萎えそうになる。

『くっ、負けるものか！』

似合ってなかろうが軽いキャラで押し通してくれるわ。

「じゃあ移動するよー」

妖精たちをひょいと軽く飛び越えて歩き出す。

振り向かなくても気配だけで彼等が慌てふためいているのが手に取るように分かった。

『よーし、そのまま付いて来い』

俺の隣を滑るように歩いているローズが楽しげに喉を鳴らして笑う。

「くくっ、くーくぅくっくくぅ」

大丈夫、これで流れが変わる、だってさ。

夢属性の精霊獣が言うのであれば信じるしかあるまい。

肝心の妖精忍者たちは少し間隔を空けゾロゾロとついてくる。
足音に覇気がないのは困惑しているからだろう。
だというのに気配で確認したら2列縦隊で一糸乱れぬ状態だったりする。
『無意識でやってるのか？』
軽く驚かされつつも歩き続けて開けた場所に出た。
ゴブリン討伐後に降り立った草地だ。
森林地帯といえども全体が満遍なく鬱蒼としているなんてことはない。
中にはこのように全員が寝っ転がっても余裕のある原っぱが広がる場所もあるのだ。
草地が夕日に照らされ燃えているかのような赤に染め上げられていた。
じきに日が沈んで暗闇に支配されるだろう。
俺は昼間のように補正できるけど半妖精たちには無理だ。
夜目が利くとは思うけどモノクロで見えるってだけだろうし。
そうなれば食事も味気ないものになってしまう。
『光源をどうにかしないとな』
キャンプファイヤーみたいなのは却下。
食事のために多少の火は使っても、派手なのは森林火災につながりかねない。
『となると熱源のない光魔法だな』
原っぱ全体を明るくするにはマルチライトひとつだと光源として弱すぎる。

かといって強い光は目を痛める恐れがあるので却下だ。
こういう時は数で対応すればいい。
空間だけでなく周囲の木々にもマルチライトを使えば満遍なく明るくなるだろう。
俺は右手を高く挙げて次々とマルチライトを放っていく。
妖精たちをビビらせないよう一工夫。
攻撃魔法に見えないようシャボン玉を振りまく感じでマルチライトを飛ばしていく。
優雅さを演出しつつ飛ばせば、呆気にとられたように見入っている。
悪くない反応だ。
『もうちょっとサービスするかな』
大したことじゃない。
木々に配置するマルチライトの一部をクリスマスツリー風にしてみただけだ。
明滅するカラーの光球をちりばめれば簡易クリスマスツリーの完成ってね。
『季節外れなんてもんじゃねー』
辺り一面が雪景色に覆われてこそのツリーだと思ったさ。
「くくー」
ローズはぴょんぴょん跳びはねて喜んでいるけど。
妖精たちも物珍しそうに周囲をキョロキョロ見渡している。
その姿からは怯えは感じられない。

『よっし！』
俺は心の中でガッツポーズした。
照明の次は、いよいよ食事の用意である。
俺がチョイスしたのはバーベキュー。
手っ取り早く準備ができて、すぐに食べられるからな。
いくつかの食材は下ごしらえしてあるし。
主に一昨日の成果である海竜の肉と海の魚なんだが。
『貰い物の野菜なんかは魔法で切ればなんとかなるだろ』
問題は炭火焼き用のコンロである。
これは亜空間倉庫には存在しないので作るしかない。
コンロと炭は高校時代の部活の合宿で使っていた。
その記憶を呼び起こしつつ錬成魔法を発動。
マジックショーのように1・2・3のカウントでハイ出来上がり。
あっと言う間に複製完了だ。
家を錬成するより楽な仕事である。
「「「「うわー……」」」」
いきなり出現した物体に原っぱに広がっていた妖精たちは声を出して驚いていた。
そこへ有無を言わさず食材をドン！

野菜は理力魔法で浮かせて風魔法でズバズバ切断して各コンロへと供給。
魚や海竜の肉は漁の後に処理してあったからそのまま投入。
炭火は最初から点いた状態にしておいたから、あとは待つだけ。
そこかしこから香ばしい音と匂いがし始めるまでの間に食器を用意する。
これまた合宿で使ったアウトドア用のアルミ食器と箸を錬成魔法で複製だ。
「よーし、全員両手を出してくれるかー。チョーダイって感じで掌を上に向けてなー」
隣同士で顔を見合わせる妖精たち。
反応が鈍い。
そしたらローズが俺の目の前にやって来て両手でチョーダイした。
「くーくー」
『はよくれって……』
即物的な台詞が見た目の可愛らしさと正反対だ。
でも、それが呼び水になったらしい。
パピヨンっぽいパピシーがローズの真似をした。
『うはっ、プリチー』
毛深くて掌が肉球感満載のお手々だけど可愛らしくて和んでしまう。
骨格的には人間に近いので違和感は覚えるがね。
とにかく軽く尻尾を振っている様子からすると期待しているのがうかがえる。

それを見たロシアンブルーと三毛っぽいケットシーが続いた。
どの子も周りにいる妖精たちより小さい。
『まだ子供なのかもね』
子供の方が順応性は高いと聞くが、妖精でも同じらしい。
なんにせよ誰かが始めると皆が追随していくものである。
程なくして全員が手を出してくれた。
「それじゃ今から食器を出すからなー」
断りを入れてから深皿とその中に収まる箸を出した。
カランとそこかしこから音がする。
アウトドア用のアルミの皿と木の箸の組み合わせだからだ。
俺は箸を手に取って掲げた。
「これは箸といってこうやって持つ」
周囲を見渡すと真似をしてくれている。
変な持ち方をしている奴は誰もいないのは凄い。
思った以上に手先が器用なようだ。
「これで食べ頃に焼けたやつを皿に取り分けろ」
今度は箸で食材を摑み掲げて見せた。
「今日は無礼講だ。

みんな遠慮せず楽しんで大いに食ってくれ」

「くー！」

ローズがタイミング良くジャンプして箸を持った右手を突き上げる。

「「「「おー」」」」

妖精たちが釣られていた。

『やるなぁ』

さすがは夢属性の精霊獣といったところか。

それでも妖精たちは箸を持ちはしたものの未だに戸惑い気味だ。

『まだまだ遠慮があるなぁ』

ローズが自分の皿に充分に焼けた食材を取ったのを遠巻きに見ている。

あるいは互いに顔を見合わせるだけだ。

「焦がすと食えなくなるぞー」

この一言で妖精たちは慌て始める。

『やはり食べ物を粗末にはできないようだな』

焼けたものから皿へ取り食べていく姿が見受けられるようになった。

俺も適当に近場の炭火焼きコンロから適当に焼き上がったものを取ってきて食べてみる。

うん、野菜はベリルママが用意してくれただけあって実に旨い。

反対に一番の低評価は海竜の肉だ。

マズくはないが何か物足りない。
なんだろうと考えて唐突に気づいた。
『調味料だ！』
塩胡椒もしてないから肉の素材だけで勝負するしかないのが痛い。
こんなことなら魚のように捌《さば》くときに海水に浸しておくべきだった。
『塩味がつくだけでも旨味が引き立てられただろうからなぁ』
失敗だと思っていたら、そこかしこで歓声が上がった。
「この肉、旨いニャ！」
「初めて食べたー」
「ワンダフォー」
そんなことを言いながらガッツ食い。
中には遠吠えしたり、むせび泣きながら食べている者さえいる。
不憫《ふびん》すぎてこっちが悲しくなるっての。
『どんだけ食に不自由してたんだ……』
が、逆に気合いが入るってもんだ。
食材はまだまだあるぞ！

24 更なる邂逅

妖精たちは気持ちの良い食べっぷりを見せてくれたんだが……
『食いすぎだ』
パンパンに腹を膨らませて寝転がっている。
俺も調子に乗って肉も野菜もジャンジャン追加したのが良くなかった。
みんな苦しそうに唸っているのを見ると罪悪感が湧き上がってくる。
『胃薬は持ってないしなぁ……』
時間に任せるしかなさそうなのが心苦しい。
そんなことを考えながらもコンロや食器を魔法で洗浄していく。
終わったら新魔法ドライヤー。
熱風を吹き付けるだけなんだが既存の魔法になかったので新魔法だ。
縮小して使えば家電製品のドライヤーと同じように使えるので、この名前にした。
あっという間に乾燥完了。
『魔法は本当に便利だな』

そこで、ふと思った。
『魔法で消化促進とかできないか？』
この世界じゃ飽食とは縁遠いだろうし食べすぎに治癒魔法なんて発想はないだろう。
だが、消化のメカニズムも理解している俺ならできるはずだ。
とにかく妖精たちを苦しい状態から解放しよう。
『問題は、どうやるかだ』
内臓に身体強化の魔法をかけて消化を促進するか。
その際に消化の負担になるであろう脂を抽出して体外へ転送するのも有効か。
『けど、がっついてたせいで嚙んでないんだよな』
内臓への負担は大きそうだ。
自分の子供によく嚙んで食べろと口を酸っぱくして言う親の心境がよく分かる。
とにかく他の方法を考えねばならない。
消化液を増やすのは得策とは言い難いからな。
消化までの時間が普通より長くなるから内臓へのダメージが大きくなる。
『単純に胃の中のものを細かく分解するとか……』
とりあえず自分で試してみる。
胃の中に意識を向けて内容物を把握し細分化する。
小さくなったら更に細かくして胃液と混ざりやすくして……

『これなら行けそうだ』
ただ、これだけじゃ苦しんでいる皆には足りない気がする。
俺は彼等のような食べっぷりはしていないし。
『もう一声、欲しいな』
このタイミングで内臓に身体強化をかければどうだろう。
いきなりの強化よりは負担が少ないはず。
粘膜の防御力も少し上げて。
終わったら内臓に治癒魔法だ。
『さて、上手くいくかな？』
新魔法ディジェスト発動！
「…………」
消化を促すだけの魔法なのにネーミングが無駄に格好良すぎて痛々しい。
そのくせ使い勝手が悪い。
理力と身体強化と治癒の魔法を時間差で複雑に制御する必要があるからだ。
『これは魔導師クラスでないと使えんな』
魔導師は単なる魔法使いとは違う。
魔法使いという呼称はこの世界ルベルスにおいて魔法を使える人間全体に使われる。
細かく分類すると魔術士と魔法士、そして魔導師がある。

生活魔法しか魔法が使えない魔術士。

何かしら属性系の魔法が使える魔法士。

そして魔導師。

3種類以上の属性魔法を使いこなすか大規模魔法を使えることが魔導師の条件とされる。

実際には魔導師がどれ程の実力を持っているのかは不明だ。

『魔術士は何となく分かるけどな』

【諸法の理】によれば西方では魔術士は一目置かれつつも扱いが軽いみたいだし。

誰にでも魔法が使える訳ではないので妬《ねた》み嫉《そね》みが故だろう。

なんにせよ機会を見つけて知識と認識に隔たりがないか確認すべきだろうな。

『さて、妖精忍者たちはどうなった？』

あれこれ考えて時間を潰したが、魔法は効果を発揮しただろうか。

妖精たちの方を見てみると——

「寝てる……」

みんな楽になったのか寝息を立てていた。

ローズだけは歩き回って各々の顔を覗き込んで確認していたが。

バイオレンスな性格をしている割に仕事が丁寧で面倒見がいい。

起こさないよう気を遣っているようだし。

まあ、そんなことをしなくても起きる気配は微塵も感じられないが。

『ゴブリンの殲滅戦が始まる前から眠ってないみたいだもんな』
俺が寝ている間も仮眠など取っている気配がなかったし。
今までよく我慢していたものだ。
目を覚ますのは翌朝になるだろう。
『そうなると問題は先程からこちらの様子を窺《うかが》っている約1名だよな』
気配を殺している上に魔法に頼らず足音を忍ばせている。
『見事なもんだ』
隠蔽系のスキル持ちなんだろう。
これに気付けたのは【気配感知】の熟練度がカンストしていたからだ。
ある意味、化け物である。
『何者だ？』
監視者は人型っぽいんだが人間ではない気がする。
『妖精たちの仲間か、それとも敵対している相手か？』
それ次第で対処が変わってくる。
『面倒くさいから直球勝負だ』
少しばかり驚かせて反応を見る。
それで敵対するならぶちのめすだけの簡単なお仕事です。
まずは錬成魔法でビー玉を数個作り出した。

ひとつは乳白色で他の半透明のやつより大きめにしてある。
とりあえず大きくした白い方だけを使う。
理力魔法を使って――
『行けっ！』
相手にも見えるであろう速さで弾き出す。
狙ったのはこちらの様子を窺うために覗かせている相手の肩をかすめる際どいコース。
警告だから顔面などの急所は狙わない。
『さて、どう出る？』
木々の間を抜けていく白色のガラス球。
相手も気付いてスルリと流れるような動きで木の陰に隠れた。
『隠密行動に慣れているようだな』
こちらが確信を持って攻撃してきたのか見極めようというのだろう。
ならば半透明のビー玉で俺が捕捉していることを知ってもらうとしよう。
今度は散弾のように飛ばす。
半分を相手が隠れた木に当てるように――
『シュート！』
撃ち出した。
狙い通りに半分が木に当たって「ゴゴッ！」と音がした。

理力魔法でカバーしているので割れたりせずにめり込む。
が、反応はなし。
思わず口笛を吹きたくなった。
『大した胆力だ』
あれなら俺のように確信を持っていなければ気のせいだと思うことだろう。
『だが、それじゃ困るんだよな』
そんな訳で最初の白色球と半透明の残りを隠れている相手の目の前に転送してみた。
「っ!?」
隠れていた何者かがわずかに反応した。
『驚いて息をのんだってところか』
いきなり浮遊するビー玉が現れたら、さすがに驚くよな。
少しでも動揺したならこちらのものだ。
白色を中心に半透明のを衛星のように回転させながらフワフワと浮遊させてやる。
これで己の存在がバレていないと思いはしないだろう。
面が割れていないとは考えるかもだが。
すなわち逃走という手段を選ぶ可能性がある。
が、この相手はそれをしなかった。
気配の遮断を解除してこちらに向かってくる。

『観念したか』
木々の間を抜けて出てきたのは肩まで伸びた黒髪が市松人形を彷彿とさせる女だった。
すらりとしたシルエットに透き通るような白い肌の大人の顔立ち。
服は和装をベースにしたイブニングドレス風だ。
色は艶やかな髪と合わせたような漆黒。
前合わせに幅広の帯と帯締めらしきものまで使っており和を感じさせる。
が、一方で袖がなく背中から腰にかけて大胆に開いている部分は洋そのもの。
センスもなかなかのものだと思う。
和風美人と言いたいところだが、それで片付けられない特徴を持っている。
例えば澄んだ紅玉のような瞳。
人間ではないことは明らかである。
転送魔法でビー玉を回収した俺は先に声をかけることにした。
「すまないな」
女は無表情なままに首を振る。
言葉は通じるようだが心情までは推し量れない。
「お主が謝る理由はなかろう」
切れ味鋭い細剣をイメージさせる声で返される。
険はこもっていないので敵対的というわけではなさそうだが。

「星の数ほども湧き出したあの有象無象どもを召喚したというのなら話は別だが」

ゴブリンのことだな。

「なかなか鋭いな」

「なに？」

女の眉間に皺がよる。

「アレは俺が原因でそれに近い結果を招いた」

「具体的には？」

あえて迂遠な言い方をしてみたが、眉間の皺は既になく無表情で先を促される。

どうやら冷静な判断ができるタイプのようだ。

「遠方から地脈を通じて届いた俺の魔力がダンジョンの迷宮核を暴走させた」

訝しげな目で見られてしまう。

信じろと言う方が無理のある話だ。

しかし俺の戦い振りも見ていたらしく迷うような素振りも見せていた。

「左様か」

しばらく考え込んでいた女が再び無表情に戻る。

『俺の評価は大物なのかバカなのかってところか』

俺は女の瞳孔のない赤い瞳を見た。

問うことはない。

そのまま待つことしばし。

先程よりもやや硬い表情となった女が口を開いた。

「此奴《こやつ》らをどうするつもりか？」

「無防備に寝ているから結界でも張るさ」

「その後は？」

「目を覚ますまで待つな」

「何故に？」

「何がしたいのか聞くためだ」

俺はダンジョンから出て以降のことを説明した。

「ふむ、それは私にも分からんな」

「付き合いが長いのか？」

「人間の感覚で言うならそうだ」

「へえ」

「私は戦うのが苦手でな」

それは頷ける話だ。

先程も隠れ潜んでやり過ごそうとしていたからな。

「故に互いに持ちつ持たれつの関係を続けてきた」

妖精たちはダンジョンで食糧確保。

女は着るものをはじめとする物作り。
役割分担が明確なようだ。
「ただ、私は金属の加工ができない。
此奴らに強力な武器は用意してやれん。
それ故ダンジョンで苦戦しておったようなのだ」
種族は違えど女が妖精たちを大事に思っているのは明白だった。
「運命共同体ってところか」
女が瞑目しながら深く頷いた。
「最初に言っておく。俺は後始末に来ただけだ。
縄張りを荒らしたから相応の賠償は置いていこう」
妖精たちの要求は「縄張りに入ってこないで」だけかもしれないけどな。
変にビクビクしていたのも要求が通らなかったときのことを考えているのだろう。
他の可能性もないとは言わないが、そうなるとサッパリ分からない。
「ずいぶん欲がないのだな」
女の赤い目が細められる。
「欲なら色々とあるぞ。
当面の目標は脱ぼっちだったしな」
「ぼっち、とは？」

「独りぼっちのことだ」

「なるほど。だが、矛盾しておらぬか」

女は皮肉めいた笑みを浮かべた。

まあ、言いたいことは分かる。

大勢の仲間に囲まれている訳じゃないからな。

「誰でもいいって訳じゃない。要は信用できるかどうかだ」

「ほう、なるほどな」

「とりあえず相棒はできたから良しとしている」

ちょうど見回りをしていたローズが戻ってきた。

「くぅくー」

「はいよ、おかえり」

黒髪の女が固まってしまった。

大きく目を見開いてローズを凝視している。

「もしや……精霊か？」

この様子だと【鑑定】スキル持ちかもな。

ローズのレベルが高いからほとんど何も分からないだろうけど。

「惜しいな。いい線行ってるけど」

「惜しいとは？」

「精霊獣なんだよ」

「くっくぅくくーくぅくぅくっ！」

ローズはカーバンクルなのだ！　とか言ってますよ。

「なんと!?」

自分の声の大きさに女が焦って周囲を見渡した。

妖精たちは身じろぎこそする者はいたが、誰も起き出さない。

それを確認してようやくホッと一息ついた。

「よもや己の目で見る日が来ようとは……」

声が震えている。

この調子だとベリルママが来たらどうなるんだろうな。

25　ぼっち男と蜘蛛女

その後も話は続き、どうやら俺は赤い瞳の女に信用されたようだ。

『精霊獣と契約しているのが効いてるんだろうな』

そして遅まきながら互いに自己紹介。

「我が名はツバキ。種族はアラックネだ」

どこかの熊型キャラクターのような種族名である。

ちなみにアラックネは妖精で下半身が蜘蛛の魔物アラクネとは全くの別物だ。

羽の代わりに背中に自在に出し入れできる蜘蛛足があるのが特徴だ。

「アラクネとはまるで別物だからな」

背中の黒いクモ足を伸縮させせつつ念を押された。

「ああ、妖精と魔物では大違いだ」

間違えれば憤慨もするだろうし気を付けよう。

それより気になったのは背中の開いた服を着ている理由が判明したこと。

『色気を振りまくためではなかったんだな』

元々ごく短いクモ足が背中にあって割と目立っていたけどさ。

あと目立つ特徴は瞳孔のない赤い目ぐらい。

それ以外で人間と外見上の違いはなさそうだ。

スタイルが良いとか背が俺と同じくらいあるとかは種族的な特徴ではない。

「俺はハルト・ヒガ。種族はエルダーヒューマンだ」

そんなこんなでツバキの印象が軟化したところで今後についての相談を受けた。

食料供給が難しくなってしまったという。

それを聞いてようやくツバキの状態に思い至った俺は鈍感野郎だ。

「その前に腹は減っていないか」

俺の質問にツバキが薄く笑った。

「我慢できないほどではないがな」

「残り物なら調理せずにすぐ用意できる」

「すまぬな」

「いや、早々に気付くべきだった」

そう言いながら倉庫内に回収しておいた残り物を出してくる。

熱々の状態を維持した肉や野菜を前にしてツバキが笑みを浮かべた。

「これは良いものだな」

一口食べて笑みを深くする。

「ダンジョン産の食材とは別物だ」

じっくり味わって咀嚼していた。

「そんなに酷いのか？」

「ゴブリンの肉は毒に等しい。苦みだけで生き物を殺せる」

俺は思わず天を仰ぎ見た。

ネットの某掲示板で見てきた数々のマズメシネタが脳裏を過ぎったからだ。

「さすがにアレは食わぬよ」

ツバキが苦笑した。

「虫系は味気ないが食える方だ。

鬼面狼は筋張っていて不味いが食べられる」

食糧事情があまりにもお粗末すぎて涙を誘ってしまうじゃないですか。

が、そんなものでも腹を満たしていたのは事実だ。

それが失われたとなると……

「食料供給の嘆願か」

俺の独り言にツバキが反応した。

「そうかもしれぬ。

正直な話、今後の当てがないのだ」

俺が潰したダンジョンがメインの狩り場だったのか。

「すまないな」
こうなった以上は移住するしか手がない。
「良いのだ。
元より住み良い場所ではなかった」
ツバキによると食糧確保ができるなら住む場所にこだわりはないそうだ。
この場所にも狩りや採取を続けて北上してきたという。
『ダンジョンの気配に引き寄せられたか』
でなければ食料を得やすい南へ向かっていたはずだ。
ただ、これから南下しても全員が飢えずに次の狩猟場や採取地に行けるとは思えない。
最悪の場合は全滅も考えられる。
もしも俺が無茶な魔法を使っていなかったらと考えてしまう。
妖精たちは移住のための下準備ができたかもしれない。
少なくとも今よりは打つ手が残されていただろう。
『1年前に調子に乗ったツケが回ってきたってことか』
たられればで話しても意味はないかもしれないが詰みの原因は間違いなく俺だ。
『なら、最後まで俺が責任を持たなきゃな』
「ひとつ提案なんだが……」
「聞かせて貰おう」

「農業をやってみるつもりはないか」

「この辺りでか？」

訝しげに問い返された。

森林地帯で開墾するなど並大抵の労力では成し得ないからな。

しかも作物が育ちにくい北の地だ。

少々、移動したくらいで好条件に変わるほど甘い状況ではない。

ツバキが困惑するのも当然のことであった。

「いや、ずっと南の方に充分に開けた場所がある」

言わずと知れたミズホシティだ。

「とてつもなく遠そうだな」

「心配しなくても俺が連れていく。

空を飛んで数時間ってとこだな」

「どれ程の速さで飛ぶつもりなのだ」

想像がついたらしくツバキは驚きながらも呆れている。

「風よりも速く、かな」

重苦しく深い嘆息がひとつ返された。

「それは大嵐よりもなのだろう？」

聞いてはくるが、ほぼ確信している表情だ。

「まあな」

再びツバキが溜め息をついた。

「トラウマになりそうだが、それしか手はなさそうだな」

「行くことに不満はないんだな」

「先がないと分かっておるからな。

南であるなら今までよりは食糧の確保もしやすかろう」

その口振りだと移動の面倒だけ見てくれればいいと言いたいようだ。

遠慮があるのか自立心の高さ故なのか。

何でもかんでも施す形になるのは健全とは言い難いのは分かるがね。

「田畑はこれから作ることになるが、収穫までは俺が食材を提供することを保証しよう」

「随分と気前が良いのだな」

「俺の責任だしな」

「そんなことを言い出せば切りがないぞ。

この地で留まり続けた我らにも責任はある」

お互い様と言いたいらしい。

「たとえそうでも、俺は筋を通すだけだ」

「それは背負い込みすぎだろう」

「自己満足の類なんだろうがな」

それは間違いないと思う。

だから自嘲の笑みが漏れた。

「寝覚めのいい選択をしたいんだよ」

「面白い男よな」

ツバキが苦笑していた。

「そうか？」

俺自身は何の面白みもない人間だと思っているんだが。

でなきゃ鉄仮面などと呼ばれたりはしないだろう。

「人間とはもっと酷い奴らばかりだと思っていたのでな」

「まるで見てきたようなことを言うんだな」

ミズホ国は俺以外の人間はいないはずだが。

「３００年ほど前までは大陸の西側に住んでいたのだ」

人里からは離れ関わりは持たぬようにしていたがな」

「それでも人間の酷い話は聞こえてきたから人のいない地を目指したか」

「その通りだ」

そう言って自嘲するツバキ。

「強力な魔物の領域に入ったときは生きた心地がせなんだが」

大山脈を越えて東方の領域に至った訳だ。

「なんとか逃げ隠れして、どうにかこの地に辿り着いたのだ」

命懸けで得た技能ならあの隠密ぶりも納得である。

そこまでするなら引き返しても良かったのではと思いもするが。

『いや、それだけ人間嫌いだったってことだろう』

よほど酷いものを見聞きしてきているものと思われる。

今こうして話をしている分には、そういった感情は微塵も感じられないが。

「人間とかかわるのは真っ平かい？」

だから聞いてみた。

「さて、どうだろうな」

やはり嫌悪感はあまり感じられない。

「今にして思えば、あの国以外はマシだったかもしれぬ」

おそらくあの国とはアルシーザ帝国のことだろう。

「当時は他国の人間と比べようなどとは思えなかったがな」

これ以上は大陸時代のことを聞かない方が良さそうだ。

トラウマレベルの出来事がオンパレードだったとしても不思議ではない。

「それに、お主であればあの国のように酷いことはすまい」

いつの間にか随分と高評価になっていた。

「俺が連れてくる奴らがそうとは限らないぞ」

「連れてくる？」

どういうことだ」

「信じられそうな奴らを集めて国づくりをするつもりなのさ」

「それはまた……」

絶句したツバキは不意に喉を鳴らして笑い始めた。

「そこまで大それたことを考えておったか」

心底愉快そうに頷いているところを見ると拒否反応はないようだ。

ホッと一安心と言いたいのだが、明かしていない事実があるからなぁ。

ここまで言った以上は黙っているわけにもいくまい。

「いや、実は建国宣言は既にしてるんだ」

「なんと!?」

ツバキが地面を見ている。

「ミズホ国とな……」

いつの間にと言いたげにこちらを見てくる。

さすがの【鑑定】スキル持ちも気づかなかったか。

「1年前だ」

俺の返事にフハハと愉快そうにツバキが笑った。

「まさしく、ぼっちとやらであったな」

「しかも現状で2人だ」

もう1人は言うまでもなくローズである。

俺は国民を人間に限定するつもりはないのでね。

悪党や差別主義者は願い下げだが信用できるならウェルカムだ。

「人間の寿命は短いであろうに暖気なものよ」

ツバキは俺が丸々1年眠っていたとは知らないからなぁ。

「俺は16歳だし上位種だから寿命も長いよ」

それ以前にレベル爆上げのせいで若者の姿のまま寿命を迎えることになるようだし。

「それにしても、だ。

本気なのかと尋ねたくもなる」

「つい先日まで動くに動けなかったんだよ。

それに大勢の人を集める前に街をある程度は形にしないと」

「ほう、あの膨大な魔力で街を作るか」

どうやら興味があるらしく、ツバキは喉を鳴らして笑った。

「まあね」

「実に愉快で楽しみだ」

「そりゃ、どうも」

「アレを見ておらねば極めつきのホラ話と一笑に付していたがな」

一晩で数十万からなるゴブリンを殲滅したことを言っているのだろう。

「別に最初から大都会にしようって訳じゃないぞ？」

過剰な期待は困るという意味を込めて言ってみたのだが。

「だが、村ではなく街にしようというのだろう？」

ああ言えばこう言ってくれるツバキさんである。

「国民がおらぬというのに」

しかも痛い所を突いてくれるし。

「しょうがないだろう。ぼっちの俺が簡単に人を集められると思うのか？」

「では、なぜ我らを国民にしようとせぬ」

「皆が起きたら提案くらいはするさ。

無理強いはしないから相談して決めてくれ。

ああ、国民じゃないから高い税金を支払えとか言うつもりもないぞ」

先住民を追い払うようなマネをしたくはない。

「それではメリットがなくなるではないか」

ツバキが皮肉げにフッと笑う。

国民であろうとなかろうと住み着けば条件が同じでは意味が無い。

そう言いたいのだろうが、同じではないのだ。

「国民には多大なメリットがある」

「ほう？」

「義務教育と福祉がもれなく受けられるのだ」

「よく分からんな」

困惑の目を向けてくるツバキ。

『まあ、分かるはずもないよな』

日本にいた頃の制度を俺なりにアレンジしてパクってるんだし。

義務教育や福祉などは惑星レーヌのどこを探しても存在しない概念だろう。

『まず教育面だが、義務教育と専門教育に分けるつもりだ」

「言葉の意味は分からなくもないが具体的にはどう違うのだ？」

「義務教育で教えるのは読み書き計算の他にも色々と計画している」

「色々というのは専門教育になるのではないか？」

「いいや、例えば魔法は義務教育で教えるつもりだ」

「なんと!?」

「カリキュラムの詳細はこれから決めるが義務教育は無料」

「っ!?」

「給食も無料」

「給食？　何だ、それは？」

「義務教育を受ける者には昼食の配給がある」

「信じられん……」

驚きの連続に呆然を通り越して愕然とするツバキ。

「他にも色々と考えてはいるが、義務教育の詳細はまた今度な」

「そうしてくれ」

力なく返事をするツバキであった。

「専門教育も詳細は省くが主に職業訓練をすると思えばいい」

ツバキは、まだ復帰しきれないらしくコクコクと頷くのが精一杯の様子だ。

「福祉とは何だ？」

それでも気になる単語だったようで聞いてくる。

「育児支援、孤児救済、障がい者支援、老人介護……

有り体に言えば社会的弱者の救済措置ってところか。

これを根付かせることができればスラムができにくくなる」

ツバキが目と口を丸くして驚いていた。

「どこからそんな発想が湧いてくるのだ!?」

「それについては、いずれな」

元の世界の知識なんて言っても信じてもらえないだろうし。

「あの国とは正反対だ。

お主は神が遣わしたのやもしれぬな」

「女神の息子」ですが、何か？

26 妖精忍者たちは何を望む？

「常識外れにも程がある」

ミズホシティに帰ってきた直後にツバキが発した一言だ。

「そうか？」

「かなりの高さを飛んでいたにもかかわらず、次々と景色が変わっていったではないか」

「ああ、スピード出しすぎってこと？」

音速の倍は出ていたからなぁ。

理力魔法で空気抵抗や衝撃波の発生などを防いだから分かりにくかったはずなんだけど。

ツバキはお見通しだったみたい。

「怖かったのか？」

「そんな感覚すら麻痺してしもうたわ」

「スマンな」

できればローズのように楽しんでくれれば良かったんだけど、それは無理な注文か。

「くぅくっくー」

面白かったー、だとさ。
それを耳にしてツバキは唖然としている。
一枚上手《うわて》といったところか。
「なんにせよ、此奴らが寝ている間で良かった」
ツバキが溜め息をつくように呟いた。
それは俺も同感だ。
というより意図的にそうしたのだが。
『集団パニックを起こされるのは御免だからな』
妖精たちが寝ている間に連れてきたので彼等は飛んでいたことを知らない。
結果として夜中に到着したので結界を張って雑魚寝した。
さすがに連れてきた全員を収容するのは無理があるので屋敷は使っていない。
そもそも屋敷は出かける前に倉庫へ仕舞い込んだままだ。
これ以上ない防犯方法だろ？
どんな相手でも存在しないものには入れないし壊せないからな。
え？　それでも外で雑魚寝はない？
手持ちの建物で全員を収容するなら貰った城塞しかないんだが。
いくら何でもデカすぎだ。
しかも外も中もデザインが禍々しすぎる。

女神様の完全浄化処理済みで中は清浄な空気に満たされているけど……
目を覚ました妖精たちが怯えそうなものは使えない。
一から作るにしても城塞をリフォームするにしても簡単じゃないしな。
妖精たちが目を覚ますまでに終わらせるのは難しいと思う。
【多重思考】を駆使しようにもデザイン面の問題だからなぁ』
あーでもないこーでもないと考えている時間の方が長いのが目に見えている。
試しに城塞のデザインを少し考えてみる。
記憶に残る日本の城を参考にイメージ上で魔族の城塞を改変。
『何かが違うんだよなぁ』
禍々しさを消そうとすると失笑を禁じ得ないほど滑稽な代物になってしまった。
ならばと、テレビで見たことのある外国の城を参考にしたけど五十歩百歩。
『ドウシテコウナッタ』
ここで妖精忍者たちが目を覚まして時間切れ。
グッスリ眠れたからか、あまり寝ぼけた様子はない。
それでもケットシーもパピシーも不思議そうに辺りを見回している。
「ニャんだ、ここ」
「知らない。知ってる?」
「見たことない景色であります」

「広い、広いぞ」

「向こうに大きな川があるっす」

「あっちには超デカい川だ」

『それは超デカい川じゃなくて海だ』

内心でツッコミを入れた。

説明しようにも、妖精たちは方々に散っていて収拾がつかない。

「これは夢か」

『現実だよ』

右往左往して周囲の様子を確認して回り、報告し合っている。

混乱しつつも好奇心を隠せない様子に妖精たちの本来の性格を垣間見た気がした。

「なかなかカオスな状況だな」

ローズまでもが彼等の興奮に巻き込まれて走り回っている。

「収拾つくのか、これ？」

「原因を作り出した張本人がなにを言うか」

俺の独り言にクモ妖精アラックネのツバキがツッコミを入れてきた。

「ここまで取り乱すとは思わなかったんだよ」

「あれが本来の彼奴らの姿だ」

ツバキが毎度のことだと言わんばかりに嘆息した。

『俺の方が溜め息をつきたいよ』

想定外の大騒ぎである。

「リーダー格の2人がマシっぽいけど収拾つくのか、コレ」

「放っておけば良い。彼奴ら、あれで適応力が高いのだぞ」

そう言われて、ふと気づいた。

「付き合いが長そうだな」

「さほどでもない」

俺の予想は外れたようだ。

「この島に来てすぐ知り合ったが、百年程度だろう」

「…………」

妖精の時間の感覚を舐めていた。

「どうしたのだ？」

「人間の感覚なら充分どころではなく長いよ」

「言われてみれば……」

ふと思い出したといった風情でツバキが呟いた。

納得したようだが、それでホッとしてる場合じゃない。

ツバキ以外の妖精たちが落ち着いてくれないと話もできないからな。

放っておけばいいなんてツバキは言ったが、どれだけ待たされるやら。

時間の感覚が普通じゃないことは思い知ったばかりだし。

『はー、どうしたものか』

途方に暮れるばかりであった。

□□□□□□□□□

結局、妖精たちの興奮状態は半時間ほどかけて徐々に沈静化した。

『そうしたのは俺じゃなくてローズだけどな』

あちこちで騒いでいる妖精たちのテンションを少しずつ下げて回っていたのだ。

最初からそれを狙っての行動だったとは夢にも思わなかったさ。

「我が相方ながら恐れ入る」

「くくー」

どうだ、と胸を張るローズさんをスルーして集まった妖精たちの方を見る。

北のダンジョン前で登場したときのように片膝をついている妖精忍者の一同。

「で、俺に言いたいことがあったんだろう?」

問いかけてみた。

背後でローズが何か悔しがっているようだがスルーしておく。

「我ら一同、家来にしていただきたいのです」

カラカルが代表して喋り始めた。

「家来だって!?」

「はい」

想定外の話だった。

「そりゃまた、どうして?」

クーリングオフできるようなことでもないし安請け合いだけはしてはいけないだろう。

「我らが弱いからです」

再びカラカルが口を開き返事をした。

直球勝負で嘘偽りがなさそうなのは好ましい。

「あの方は仰いました」

『ラソル様のことだな』

「いずれ最悪の事態が発生する。

しかし絶望することはない。

最強の男がすべて解決するだろう。

彼《か》の者の手足となって働くことを約束し庇護を求めよ、と」

その言葉に俺の右隣で座っているツバキを見るが首を横に振っていた。

「私は聞いておらぬ。

何かしら遭遇があったのであればダンジョン内だろう。

此奴らが潜っておる間に私は生産活動をしていたのでな」

視線を前に戻すと全員がコクコクと頷いている。

「金髪の兄ちゃんでラソルトーイと名乗ったんだな」

またも全員の頷きが返された。

『やっぱり……』

しかし仙人ならともかく亜神は人前に直接出向くことは滅多にないはずなんだが。

本人に追及しても――

「え～、人前じゃなくて妖精の前だからノーカンだよ」

とか言われそうだが。

それにしたってホイホイ出張ってくるだろうか。

「あの方には何度も助けていただきました」

HAHAHA！　ホイホイ来てたよ。

ラソル様が詐欺を働きに来ていたとルディア様に報告しておいた方が良さそうだ。

「具体的には？」

「最初は危ないところを」

「ふむ」

「それから生き残るために必要だとして魔法と忍者を御教授いただきました」

『忍者って……』

訳が分からない。

「忍術ではなく忍者なんだね」

念のために確認してみた。

「忍者の動きを見て参考にするようにと教わりましたが」

体術なんかも含めて忍術だと思うんだけど、そのあたりは理解されていないらしい。

外国人が日本文化を微妙に誤解しているような感じだろうか。

「実践してくれたと？」

「いえ、アニメや特撮なるものを魔法で見せてくれたのです」

『おちゃらけ亜神めぇ！』

文化ハザードでファンタジックな妖精のイメージをぶち壊しにかかるとは。

妖精たちがオタク化しかねないだろうに。

『思わず想像しちゃったじゃないかっ』

せっせと同人誌を作って販売するパピシーと、購入のために整然と並ぶケットシーを。

しかも全員が忍者のコスプレをしている。

俺は溜め息をつきたくなるのを堪えながら再び右隣に目を向けた。

「なにかな？」

ツバキが小首を傾げて聞いてくる。

「ある日、唐突に服の作成依頼が殺到しただろう」

「そう言えば……確かに」

ツバキが頷いた。

「此奴らが今着ている服がそうだ」

予想通りすぎて、嘆息したくなってしまう。

念のため妖精たちにどんな作品を見たのか聞いてみると多岐にわたっていた。

『どんだけ見せてんだよ』

さすがにダイジェスト版にしていたようだが。

「で、参考になったのか？」

妖精たちに聞いてみた。

これで何の役にも立たなかったのであればシャレにもならない。

「はい、動きや連携が良くなったと思います」

「へえ」

「ダンジョンでの狩りで怪我をすることも少なくなりました」

これに関しては重畳と言うべきなんだろう。

『問題は果たしてラソル様がそこまで計算していたかどうか』

まあ、想定していたのだとしても深く深く深く反省してもらわねばならんが。

「それじゃあ次は全員に質問だ。

俺の家来になって君らがしたいことって何？

手足になるとは聞いたけど具体的にはどうするの？」
先頭の2人が固まり残りの面子は戸惑うようにお互いの顔を見合わせていた。
「家来っていうのは奴隷とは違うよな。
だったらすべての判断を丸投げしちゃいけない」
俺の言葉はかなり衝撃的だったようだ。
『こりゃ、家来になると決めたあたりで思考停止していたな』
ラソル様のフォローが及んでいないのは明らかだった。
「今まで協力し合って生きてきたんじゃないか。
環境が変われば生活もガラリと変わるだろうが気持ちまで変わるのか？」
ハッと表情を変えて首をブンブンと横に振る一同。
『まさかなぁ……』
一瞬、ここまでがラソル様の計算のような気がした。
妖精たちに考えさせ気付かせるためにフォローを中途半端にしたのであれば……
掌の上で踊らされすぎである。
ルディア様に追加でお仕置きしてもらいたい気分だ。
「俺が求めているのは家来よりも国民だ」
妖精たちが口々に俺の言葉をリフレインしている。
家来と国民の違いを探そうと懸命に考えているのだろう。

「皆で協力し合うのが国民だと？」

おずおずとカラカルが聞いてきた。

「そういうことだ」

少し言葉は足りないが言いたいことは分かる。

「皆で協力して国を繁栄させようという意欲があるのなら歓迎しよう」

27　収拾がつかない

ケットシーとパピシーたちは話し合いをした。

わずか1分足らずで終了したが。

『はやっ！』

「我ら一同、ハルト・ヒガ様の家臣として国民となることを誓います！」

カラカル顔のケットシー、カーラが高らかに宣言した。

「異議のある者はいるか」

ハスキー顔のパピシー、キースが最終確認として問いかける。

「異議なし」

「ある訳ないニャ」

「右に同じ」

「異議なんてあるはずない」

「同感なんだな」

こんな具合に諸手を挙げて妖精たちは国民となることを選んだ。

「「「「バンザーイ、バンザーイ、バンザーイ!!」」」」

そして万歳三唱。

一気にお祭り騒ぎな状態になった。

『即断即決、迷いなしって感じだな』

もう少し慎重になってもいいと俺なんかは思うのだが。

まあ、手を取り合ってワイワイと喜んでいる妖精たちは微笑ましいものがある。

『こういうノリが脱ぼっち路線には必要なんだろうなぁ』

用心深すぎるのも考え物って訳だ。

それはそれとして隣のツバキを見る。

「君はどうする?」

その問いかけに妖精忍者たちの騒がしい声がピタリとやんだ。

固唾をのんで見守っている。

完全にハブられた格好になっていたからな。

「思う所がないと言えば嘘になる」

『今更だが事前に話し合っておけばなぁ』

浮かれて突っ走ったツケが出てしまったようだ。

現に妖精忍者たちは萎《しお》れた花のようにションボリしている。

「信頼は砂の城がごとく」

この世界にも諺《ことわざ》がある。

その最初の一節を俺は呟いていた。

「築き上げるは難く崩すは易し、か」

そしてツバキが残りをそらんじた。

人間と関わりを避けてきたという割に学がある。

皮肉な笑みを浮かべて俺の方を見て来る。

「責められるべきは俺だ」

俺がいなければダンジョンは暴走しなかったからな。

今とは異なる別の未来があったはずなのだ。

「それは違うだろう」

即座にツバキが否定した。

「現状は破綻に向かうことを自覚していた我らが逃げ続けた結果だ」

自分にも責任があると言いたいのか。

『保護者でもないのに、それは背負い込みすぎだろう』

「みんなに責任があるってことにしておこうか」

「……そうだな」

少し考え込んでからツバキも頷いた。

「問題なのは今回の件で引っかき回してくれた御仁が懲りないタイプでね」

一瞬だけツバキが怪訝な表情になった。

「ラソルトーイなる人物か」

ツバキの声に険が乗っていた。

ふざけた真似をする人間には容赦しないと言わんばかりだ。

『美人が怒ると怖いね』

「人物っていうか面倒な相手なんだ」

「面倒？」

「既にお仕置きを受けているはずなんだけど忘れた頃に反省を忘れるんだよ」

「さすがはハルトだな」

不意に背後から声をかけられた。

「っ!?」

一瞬、身構えかけたが覚えのある気配に緊張を解く。

「兄者の本質をよく見抜いた」

寸前まで気配を感じなかったのは転移してきたからだろう。

「脅かさないでくださいよ、ルディア様」

振り返ると1年ぶりの侍お姉さんがいた。

今日の出で立ちは侍と言うよりはバイオレンスな雰囲気たっぷりのＳＭの女王様だ。

金髪ショートカットに黒のレザーファッションがよく似合っている。

Ｏ・ＳＩ・Ｏ・ＫＩの最中に抜け出してきたと言われても違和感はない。
「驚かせてすまぬ。少し慌ててしまった。
兄者の不始末がここまで影響するとは思わなかったのだ」
確かにイタズラにしても酷すぎる。
でも、ルディア様のこの対応もラソル様の計算の内だと思う。
『やってることが適当なようで後になってみるとフォローされてる気がするんだよな』
スキルの種を詫びとしてチョイスするくらいだし。
仕込みの期間とか折檻されることも織り込み済みなんだろう。
そうなると誰が動いてどうフォローするかまで計算してあるはず。
思惑から外れようとすると収拾がつかなくなりそうだし。
そうせざるを得ないように誘導されている気がしてならない。
『掌の上で踊らされているようで地味に腹立つけどな』
とはいえ、最も割を食ってるのはルディア様だ。
犯人の捕縛にお仕置きに、そして後始末と奔走させられる訳だし。
「アレの思惑で私が振り回されるのは仕方あるまい」
尻ぬぐいも楽ではない。
「この者たちに罪はないからな」
それはそうなんだが問題がある。

妖精たちが完全に萎縮状態で土下座モードなのだ。

ツバキですら完璧に平伏してしまっているし。

亜神であるルディア様の正体に本能で気づいている様子。

精霊獣であるカーバンクルのローズも一瞬だが驚いていた。

ルディア様が顕現したことに気付けなかったからだろう。

「皆の者、面を上げよ」

ルディア様がそう言ったくらいではどうにもならないようだ。

土下座の面々は微動だに……

いや、ガクガクブルブルと完全に震え上がっている。

「くぅー」

ローズは嘆息するような感じで肩をすくめていた。

「おーい、話が進まんぞー」

俺も呼びかけるが反応なし。

俺の声さえ耳に届かないようだ。

「ダメですね」

「うむ、困ったものよ」

「くうくー」

ローズも処置なしだと言っている。

『ラソル様はよく話ができたな』

同格であるルディア様が来た途端にこの状態だというのに。

いや、同格だけど違いは大きいかもしれない。

『その差を埋めることができれば、あるいは……』

「もしかすると解決できるかもしれません」

「なにっ、本当か？」

「この状況に陥っている原因を考えてみました」

「ふむ、聞かせてもらおう」

「ルディア様のことを主神と勘違いしている恐れがあります」

「なにぃっ!?」

ルディア様が驚く声に妖精たちが過敏に反応しビクッと震えた。

「落ち着いてください。あくまで仮説に過ぎません」

「む、すまぬ」

「少なくともラソル様より格上だと思われているでしょう」

「っ、まさか……」

過敏に反応しかけたルディア様はどうにか自分を抑え込む。

「妖精たちはラソル様と同格以上であるのは本能で察知したはずです」

「うむ、それは分かる」

問題はそこから先だ。

「ルディア様が更に格上と見られるのは威厳があるからでしょう」

「……それは兄者には無いものだな」

憮然とした表情でルディア様が嘆息した。

俺の言いたいことは理解してもらえたと思う。

「しかもルディア様のお怒りが継続中ですから」

平静を装ってはいるが滲み出るものが抑えきれていない。

妖精たちは敏感にそれを感じ取っているのだろう。

「くー」

同意するようにローズが頷いた。

「兄者め」

どうにか怒りを堪えつつルディア様が呪詛のように言葉を吐き出した。

『これもラソル様は見越してるんだろうなぁ』

ルディア様の怒りが静められない限りは話が先に進まない。

それどころか妖精たちにトラウマを植え付けることにもなりかねない。

一見すると混乱状態を引き起こして楽しんでいるだけのように思えるのだが……

「妖精たちの中にできた罪悪感やわだかまりが根深く残らないよう計算してますよね」

恐怖が根付いては意味がないけど、それも織り込み済みっぽい。

ルディア様がクールダウンしない訳がないと踏んでいるのだ。

「ほぼ間違いなく、な」

「お仕置きをトーンダウンさせることも狙ってるんじゃないですか？」

『チャッカリしているよな』

そうと決まった訳じゃないが、あわよくばって感じで考えていそうな気がした。

「ほう、兄者の性格をよく理解しておるな」

感心した口振りのルディア様だったが……

表情はいつの間にか能面のように無表情になっている。

そのせいか怒りの感情が伝わってこなくなった。

思考と感情を切り離す術を知っているのだろう。

「似たような人を知っていますから」

「そうか」

俺が淡々と答えたことで生まれ変わる前の話だと覚《さと》ったのだろう。

それ以上は聞かれなかった。

『それよりも頼みたいことがあります』

ここで俺は念話に切り替える。

妖精たちに聞かれないようにするためだ。

『む、どうした？』

俺の意図を察してくれたようでルディア様も念話に付き合ってくれた。

『ラソル様へのお仕置きの追加をお願いしたいのです』

『そうだな。ハルトにもそれを要求する権利がある』

面白そうな声音で返事がされるが表情は変わらない。

それを不自然に思えないのが不思議なのだけれど。

『そう言っていただけると助かります。

今回の一件、妖精たちを翻弄したことは許せません』

俺の自業自得な部分があるのは間違いない。

だが、それをイタズラの材料にされてはたまったものではない。

『もっともだ。任せるが良い』

大きく頷いたルディア様が続いて物騒なことを言い始める。

『ハルトの話で我が怒りも再燃したのでな。折檻フルコース、3倍に加増してくれよう』

自業自得なラソル様がどうなろうが知ったこっちゃないけど。

この場で怒るのは勘弁してほしいと思ったんだが違和感があった。

不思議なことに怒りの波動が伝わってこないのだ。

『もしかして感情が伝わらないようにしてらっしゃいますか？』

『気づいたか。

ちょっとした封印術でな』

『はあ、それで無表情になっているのですね』
人形かと思うほどルディア様の表情が欠落してしまっているのだ。
『いや、表情を偽る余裕がないから、こうしているだけだ』
その言葉に寒気がした。
再燃した怒りは相当なもののようだ。
そのことに触れるのは危険な気がしたので話題を変える。
ルディア様の怒りが伝わらなくても妖精たちは怯えたままだ。
もう少し時間が必要だろうと考えていたらルディア様が話し始めた。
「そなたらは何時になったら土下座をやめるのだ」
会話が途切れた途端にこれですよ。
「そろそろ顔を上げてもらわぬと、このルディアネーナが困るのだがな」
本当にせっかちさんである。
今のお言葉で妖精たちのガクブルが酷くなったんですがね。
色々と問い詰めたくなったさ。
とにかく任せておけない。
不器用すぎるよ、この人。
いや、亜神だから人じゃないんだけど。
もう人でいいよね。

いちいち区別して考えるの面倒くさいし。
『ルディア様、ここは俺に任せてもらえませんか』
『その方が良いかもしれんな……』
まるで空気が読めない訳ではないのが救いだ。
『とりあえず気配は消しておいてください』
ルディア様の神の眷属としての気配が妖精たちを畏縮させているっぽいんだよな。
俺は平気だったから気づくのが遅れてしまった。
魂も体も神様に補ってもらって生まれ変わったから平気で当然、当たり前なんだけど。
『ああ、そういうことだったのか』
さすがにルディア様も気づいたみたい。
妖精を刺激しないよう徐々に気配を薄めていってくれた。
侍っぽくて不器用だけど、ちゃんと気遣いもしてくれるんだよな。
「…………」
ルディア様の気配が消えてから待つことしばし。
恐る恐るといった様子でツバキが顔を上げる。
そこにルディア様の姿はなかった。
気配を消してから妖精たちの背後に回っただけだけどな。
「あのお方は……」

恐る恐るといった様子で俺に聞いてくるツバキ。

「気にしなくていい」

「無理を言うなっ」

数々の修羅場を潜ってきたであろうツバキでさえ取り乱し気味だ。

「畏れ多くもこの世界の神々の一柱であらせられる御方だぞ」

『やっぱり誤解しちゃってたかー』

まあ、亜神だから神様に近い存在ではあるけどさ。

とりあえず誤解されたままはマズかろう。

ついでに俺が生まれ変わることになったところから説明してしまおうか。

少しは落ち着けるだろ。

たぶん……

28　そして彼等は国民となった

妖精たちは俺の数奇な運命の話に耳を傾けていた。
普通なら奇想天外な与太話ってことで信じてもらえなかっただろう。
称号に［女神の息子］や［亜神の友］があることも話したからな。
妖精たちが神の存在に敏感に反応するお陰か疑う者がいなかったのは幸いだ。
ツバキでさえ俺の話を疑っているようには見えなかった。
いつの間にか土下座状態は解除。
というより食い気味に聞いている。
魔神や眷属の魔王、魔神のペットである魂喰いなんて単語がポンポン出ていたからか。
我が事のようにハラハラしていた。
ルディア様やラソル様のことも話したけど驚いたり納得したりと忙しい。
そんな流れのままに畳み掛けさせてもらおう。
「という訳で、こちらがこの世界の管理神にして俺の母でもあるベリルベル様だ」
俺がそう紹介すると同時にベリルママが転送魔法で御登場。

妖精たちに話を聞かせている間に脳内スマホで連絡を入れて来てもらったのだ。

「は～い、ベリルベルでーす。息子がお世話になってまーす」

ノリが良いを通り越して明らかにテンションが変だ。

『俺のお願いが相当嬉しかったみたいだな』

これで神々しさが失われていないのだから、さすが神様と言うべきか。

宗教関係者なんかは頭を抱えそうだけど。

「そして諸君の後ろにいるのが筆頭眷属の亜神ルディアネーナ様」

これなら土下座できまい。

ひとつの体で前後同時に土下座できるなら話は別だが。

妖精たちはあたふたとしながら前に後ろに首を巡らせている。

『こんなことで神様を呼び出す俺も大概だな』

そうは思うが、さっきの繰り返しは御免こうむるのでね。

頭の中が真っ白になっているであろう間に次の手だ。

「すまぬ。我が兄が迷惑をかけた」

「お騒がせしちゃってごめんなさいね」

亜神と管理神の同時謝罪攻撃である。

妖精たちを混乱させている間にさっさと話を進めてしまおうって訳だ。

些かショック療法的だとは思ったけれどね。

『大丈夫か……？』
パニックになる恐れだってある。
卒倒することだって考えられる。
だが、妖精たちは適応力が高いというツバキの言葉を信じることにした。
果たして妖精たちはというと土下座をするわけにもいかず大混乱。
ルディア様に尻を向けていることに気づいたツバキが慌てて横を向く。
皆も同様に倣うものの絵に描いたような狼狽《うろた》えぶりで首を右往左往させている。
心苦しくはあったが幸いなことにそんな状態も長続きはしなかった。
ルディア様がベリルママの脇に移動したからだ。
「土下座するなら再びお前たちの後ろに回り込むが如何にする」
そう言われては平伏できないよな。
何とか片膝をついて畏まるところで落ち着きを見せた。
「そういうことだからツバキも根に持たないでくれると助かる」
「あ、いや……、根に持っている訳では……」
言い淀むところを見ると多少は根に持っていた訳だ。
もはや燃えつきる前のロウソクのような状態ではあるが。
『もう一押しかな』
今度は妖精たちに声をかけた。

「俺も改めて詫びよう。迷惑をかけた、すまない」

妖精たちが滅相もないとばかりにブルブルと首を振った。

「そうか、助かる」

俺の言葉に妖精たちはホッと安堵していた。

「で、お前たちはツバキに言うべきことがあるんじゃないか？

ああ、今回の件に関して口止めされてたりするんだろうけど……」

ちらりとルディア様を見ると重々しく頷きが返される。

「同じ筆頭眷属として私が口を閉ざす必要はないと断言しよう」

「ええ、私が上司としてラソルトーイの指示をすべて無効とします」

ベリルママの笑顔が怖い、超怖い。

『目が笑っていないんですけどっ』

ラソル様のことをラーくんと呼ばないし。

完璧に女神様のお仕事モードだよね、コレ。

妖精たちがそこに気付くことはなかったけれど。

むしろ俺に指摘されたことの方が気になってしょうがなかったようだ。

素直な彼等だから全員ですぐに謝る。

「「「「事前に相談もなくゴメンなさい」」」」

「もう良い。

だが、次は勘弁してくれよ」

ツバキが許せば、これにて一件落着だ。

そうなれば残る問題はあとひとつ。

「で、返事は聞かせてもらえるか？」

ツバキの意思は確認していない。

「私だけ仲間はずれは勘弁してほしいものだ」

既に結論を出していたらしく即答するツバキ。

「「「「やったぁ――――――っ!!」」」」

ようやく賑やかな妖精たちらしさが戻ってきた。

『嬉しいときは素直に喜ぶべきだよな』

そう思っていたら――

「皆の衆、肝心なことを忘れておらぬか」

などとツバキに指摘されてしまった。

『はて、何だろう？』

「国民が王の名を知らぬなど聞いたこともない」

『そういや妖精忍者たちには名乗ってなかったっけ？』

ツバキには彼女が名乗ったときに名乗り返したけど。

『しまった、失敗だ』

自分の間抜けさ加減に呆れていると妖精忍者たちがシュバッと土下座した。

「そういうのはいいから」

ホント疲れるわ。

君らの名前を知らないと言いかけて緊急停止。

「俺も――」

「くくー」

ローズがセーフのジェスチャーをしている。

『どこで覚えたんだ、そんなの……』

なんにせよ皆の名前を知らないなどというアホな発言は回避できた。

そんなこと言ったら余計に畏縮しかねない。

「俺の名はハルト・ヒガだ」

「くーくぅくうくっくぅ！」

ローズはローズなのだ！　と自慢げに名乗っている。

「1年前にミズホ国を建国し君主となった。

国民は現状でこれだけだが国づくりはこれからだ。

皆には存分に働いて貰おうと思っているから、ヨロシクな」

「うむ、よろしく頼む」

「「「「よろしくお願いいたします」」」」

いい返事だ。

ダンジョン前で畏縮していた面影はない。

『まあ、あの時でさえベリルママたちを前にした時の必死な感じはなかったけど』

俺とは会話できていたからな。

そう考えると俺も普通の人間の領域に踏み止まっているようだ。

『［女神の息子］に［超越者］なんて称号があるから諦めかけてたんだけどなぁ』

神の眷属に近い存在になってもレベルが飛び抜けていても普通でいることは可能らしい。

本当にありがたいことである。

王様だからって踏ん反りかえっているつもりはないのだ。

国家君主として貫禄とか威厳が欠如しているのはどうかと思うけど、柄じゃないしな。

普通な感じの方がいい。

いずれは西方で冒険者デビューだってしてみたいし。

『周囲をひれ伏させる新人冒険者なんてドン引きものだからな』

いや、いきなりはそうならなくても状況次第じゃそうなる恐れもあるのか。

ギルドで新規登録する際に不良冒険者が絡んでくるなんて定番中の定番だし。

ちょっとした憧れのようなものはある。

助けてくれた人とパーティを組むことになったり。

自力で解決して一目置かれるようになったり。

『む、いかんいかん。つい妄想を膨らませてしまった』
幸いにして妄想タイムはごくわずかな時間だった。
妖精たちが訝しむということにはなっていない。
むしろ興奮冷めやらぬ感じだ。
皆、余韻に浸っているのか瞳をキラキラさせて希望に満ちた雰囲気がある。
「それじゃあ、自己紹介から頼むわ」
トップバッターはカラカル顔のカーラ。
「私はカーラです。全体のまとめ役をしています」
続いてハスキーのキース。
「自分はキースです。カーラの補佐をしています」
キースの次は並んでいる順でボーダーコリー顔がボソボソと自己紹介した。
覇気がないというよりは寡黙な感じ。
拡張現実で見る限り先の２人に次ぐレベルの実力者だ。
他に印象深かったのは黒猫の３兄弟だろうか。
この３名も他の面々より頭ひとつ飛び抜けていた。
そして最後になったケットシーとパピシーの子供たち。
ケットシーが三毛とロシアンブルー。
パピシーがシェルティーとパピヨンとチワワ。

保護欲をそそるというか何というか。
思わず「卑怯な」と言ってしまいそうになるくらいの可愛さだ。
モフリストでない俺がモフりたくなるくらいである。
『ここに奴がいたら……』
大学時代の同期の片方は真性のモフリストだったから大変なことになっていただろう。
抱っこを嫌がる犬猫さえ奴にかかれば数分とかからず腹を見せるからな。
『カオスが見えるようだ』
俺ひとりで異世界に来たことを初めて良かったと思えた瞬間である。
まあ、あり得ない出来事を想像したところで意味はない。
「ハルトくーん、私たちそろそろ帰るわね」
全員が名乗り終えたところでベリルママに声を掛けられた。
「あっ、はい。呼び出してすみません」
「息子がそんなことを気にしちゃいけないのよ。
お母さんはいつだってハルトくんのために飛んで来るんだから」
それは仕事が忙しかろうと放り出して来るって予告しているようなものだ。
気持ちは嬉しいけど控えてほしい。
だからといって「用もないのに来ちゃダメ」とは言えない。
泣かれるのが俺にとっては一番の精神攻撃だからな。

ルディア様が嘆息した後のような何とも言えない微妙な表情をしていた。

「ありがとうございます」

俺にはそう答えるしかできなかったさ。

「ハルトよ、色々と迷惑を掛けたな」

ルディア様が詫びてきた。

が、本来頭を下げるべきはラソル様だと思う。

妹が兄の不始末を詫びるということなんだろうけど。

『ああ、妖精たちを怖がらせてしまった件もあるか』

ならば分からなくもないが。

「いえ、お気になさらず」

「しかしだな……」

「誰かさんがイタズラをしなければ、こういうことにはならなかったのですから」

「そう言ってもらえると助かる」

ルディア様が少し安堵したように嘆息した。

が、すぐに表情を引き締める。

「約束した件は必ずや履行しよう」

「あ、ラソル様への折檻フルコース3倍ですね」

「いかにも」

ルディア様の瞳がギラッと光った気がした。

『うひぃーっ！』

あまりの迫力に身震いが止められなかったぞ。

標的となる御仁には、さぞや良い薬となることだろう。

もちろん同情なんてしない。

「じゃあ、またね」

「またな」

「はい」

そしてベリルママとルディア様は消えるように去っていった。

書下ろし「ハルトがレベル1024になった日@ルディアネーナ」

「ルーちゃーん」

兄者が呼ぶ声がした。

「誰がルーちゃんかっ！」

幼少期の呼び方をするなと、いくたびも言い続けたにもかかわらず、これだ。

我慢しようとしても目尻が吊り上がってしまうのが分かる。

「いつまで子供気分でいるつもりだ！」

言い飽きた台詞ではあるものの言わずにはいられない。

「アッハッハ！　ゴメン、ゴメーン」

陽気に笑いながら謝ってくる我が兄ラソルトーイ。

が、あの謝り方からして兄者に懲りた様子はない。

更に私の目尻が吊り上がった。

「ほらほら～、怒んないの。美人さんが台無しになっちゃうよぉー」

「誰が怒らせているると思っているのだっ」

これも決まり文句のようなものだ。

我が双子の兄は本当に人の神経を逆撫でするのが得意だ。

そしてこれを楽しんでいる節がある。

イタズラ好きの妖精よりも質が悪い。

「まあまあ、そんなことよりさー」

軽薄な感じで話題を変えようとする。

「いま忙しいのだ」

ベリル様がハルトへの対応で不在だからな。

管理神であるベリル様が受け持ちの世界を留守にするなど異例中の異例である。

統轄神様から呼び出しを受ければ話は別であるが、それも同じこと。

我らベリル様の眷属に与えられた権限は限られているからな。

私や兄者のように筆頭眷属であろうと世界の管理を一手に引き受けるのは、まず無理だ。

眷属で役割を分担しても処理が追いつかないのだから。

にもかかわらず兄者はサボっている。

が、それを軌道修正させるべく私まで手を止めてしまうのは時間の無駄というもの。

バカ兄者は無視するのが作業効率を落とさないコツだ。

「そう言わずに、これ見てよ～」

兄者が幻影魔法を使って映し出したのはベリル様とハルトの様子であった。

極東の島に降り立ったようだ。

「むぅ」

さすがに無視するには抵抗がある。

既に詫びたとは言え、我らの致命的なミスの犠牲になった事実は消えぬからな。

ハルトの様子が気にならないはずはないのだ。

「仕方な――」

「おーい、皆もおいでよぉ！」

私が返事をしている途中で兄者が被せてきた。

「ベリル様とハルトくんの様子が見られるよーっ！」

「くっ！」

どこまでも人のことを苛立たせてくれる兄者だ。

そして文句を言おうにも言えないように手を打っている。

「ハルトはんがこっちに来たんでっか？」

「ホントだー」

「ふむ、ようやくか」

「来ましたねー」

兄者の狙い通り他の眷属たちが一斉に集まってきた。

この状況下で場の空気を白けさせるのは躊躇われる。

これがハルトを目当てにした集まりでなければ兄者を怒鳴りつけているところだが。

こうなっては有耶無耶にせざるを得ない。

額に青筋が浮かび上がりそうだ。

が、それよりも今はハルトだろう。

皆が食い入るように見入っている。

特定の個人にこれだけ肩入れしてしまうことなど普通はあり得ないのだが。

『事情が事情だ、仕方あるまい』

仕事を放り出しているという罪悪感は……

『いや、私も同罪だ』

容認しようとしていた時点で皆をどうこう非難することはできない。

後で連帯責任となるだろうから腹をくくって今はハルトがすることを見届けよう。

「音声なしでっか？」

亜神の1人がそのことに気付いて兄者に問うた。

「それだとハルトくんに気付かれるくらい近くで見ないといけないからね～」

暖気な返事をする兄者だ。

「はー、離れた場所からズームかましてるっちゅうことですな」

「そうそう」

「ベリル様に許可をもらわず見てるのか!?」

そのことに気付いた別の亜神が驚愕を露わにしていたが……

「今更だよー」

兄者は気にもしない。

「ベリル様から何も言われないんだったら問題ないと思いますよー」

更に別の亜神が言った言葉に頷く兄者。

「し、しかしな……」

「事後承諾など兄者の常套手段ではないか」

「ハハハ、照れるなぁ」

「「「「褒めてないっ！」」」」

そんなやり取りをしている間に動きがあった。

「お、ハルトくんが錬成魔法を使い始めたよ」

兄者が楽しそうに幻影魔法が映し出す映像を指差した。

大量の木材を積み上げているところを見ると、それを材料にするのだろう。

「屋根付きベンチでも仮設するつもりかなぁ？」

背の低い亜神の発した言葉が聞き慣れない単語だったので調べてみた。

屋根付きベンチとは屋根を柱だけで支えたスペースにベンチを設置したものとある。

ハルトのいたセールマールの世界では大きな公園などにあるようだ。

こちらでは見かけない代物だな。

『ふむ、雨宿りや日除けの休憩場所といったところか』
今のハルトには雨露をしのぐ場所がないからな。
妥当な判断と言える。
ただ、ハルトのレベルでは相当に集中しないと成功は覚束無い。
この程度なら失敗しても大した影響はないだろうがな。
『失敗もまた経験だ』
ベリル様も口出ししないのは、私と同じことを考えているからだろう。
「どうでっしゃろ？
それにしては木材が多すぎやと思うんでっけど」
言われてみれば確かにそうだ。
「じゃあ、仮設の小屋とか？」
考えられなくはない。
が、あまりに無鉄砲だ。
『何ができて何ができぬかを理解しておらぬな』
生まれ変わって日が浅いが故に無理からぬことだとは思うが。
だからこそ慎重であるべきだと思うのだ。
「それだと今のハルトには荷が勝ちすぎだぞ」
私と同じ意見の亜神がいたようだ。

「でもでもぉ、壁がないと吹き降りの雨とかはアウトじゃない？」
『ふむ、そういう意見もあるか』
言われてみれば尤もだと思う。
あの近辺は季節的に風が強い日も少なくない。
雨はそう多い訳ではないが、重なれば確かに大変だ。
「そうですねぇ」
「しかしなぁ」
疑問を呈した亜神の意見に同意する者もいれば難色を示す者もいる。
私もどちらかといえば後者だ。
雨だけで考えるならな。
連日のように降るものでもない訳だし。
が、風の影響を受けるのは雨だけに限った話ではない。
季節風によって大陸からの砂が飛んで来るのが困りものなのだ。
『確かハルトの住んでいた日本では黄砂と言ったか』
似たような環境を選ぶと自然現象も似通ってくる。
今の季節ならば雨よりも砂に苦しめられると考えた方がいい。
『ならば壁も必要か』
無ければ厳しかろう。

今のハルトの能力では制御しきるのは相当困難だとは思うが挑戦する価値はある。

それに――

「ベリル様がいらっしゃるならば心配は無用だろう」

という訳だ。

「「「「あー」」」」

皆も納得していた。

が、それは甘い認識であるということを、すぐに思い知らされることになる。

「凄い集中力だねぇ」

「制御も緻密で申し分ないですー」

いや、むしろ集中が深すぎる。

あれでは何かミスがあった時、咄嗟に反応できるかどうか。

『大丈夫か？』

対処が遅れれば魔法が暴発しかねないが。

しかし、ベリル様は口出しをしない。

暴発しても抑え込めるからか。

錬成魔法が発動する前だからというのもあるだろう。

気になって高速でシミュレーションしてみた。

幾通りもの可能性を想定して計算するが何とかなりそうだ。

問題がない訳ではないがな。

暴発する確率の方が高いし。

ハルト単独では大怪我をする恐れもある。

『無茶をする』

あの場にいれば確実に苦言を呈していただろう。

「ちょっと、変でっせ。何かおかしゅうないでっか!?」

その声に我に返った。

再び映像を見た瞬間に——

「マズいっ!!」

極めて危険な状態であると察知した。

いつの間にか錬成魔法が発動し始めていたのだが。

私が想定したよりも魔力のうねりが大きい。

『いつの間に!?』

人間が制御できる限界を軽く超えていた。

「あれでは暴走しますよ!」

言われるまでもない。

「大変やぁ!」

「ななな何とかしないとぉ!」

慌てふためく亜神たち。

「落ち着け。手出しすれば余計に暴走する！」

「そんなこと言ったってぇーっ！」

完全に動揺している。

それは叫んだ亜神だけではない。

みんな一様にオロオロアタフタしていた。

それはそうだろう。

火山の噴火エネルギーをいくつも束ねたような状態だからな。

あの魔法が暴走すれば、あの地域丸ごと吹っ飛ぶのは確実だ。

ベリル様に影響はなくてもハルトは無事では済まないはず。

だが、それでも我らが介入するのはマズい。

ベリル様が手出しを控えるほどの状態である。

我々がどうにかできるはずもないのだ。

「下手な真似をすればベリル様に迷惑がかかる！」

「「「「…………」」」」

一瞬で静まり返った。

固唾をのんで幻影魔法で映し出されるハルトを見る。

そこから先は誰も一言も発することはなかった。

感嘆の吐息を漏らすことは度々あったが。

かくいう私もそうだ。

『魔法を制御しながらレベルアップなど常軌を逸している』

それも尋常ならざる速さでだ。

3桁のレベルに到達するのはあっと言う間だった。

今や4桁に届こうかという状況である。

そして、ハルトは魔法を暴走させること無く最後まで制御しきった。

「「「「凄い……」」」」

我ら亜神とて驚嘆するばかりだ。

到達したレベルは1024。

人跡未踏の領域である。

ハルトは魔法の完了と同時に疲労困憊で気を失ってしまったが、それも当然。

「冷や冷やさせてくれますなぁ」

「ホントだよぉ」

「でも凄いですよー」

「ああいう無茶を凄いと評価してはいけないだろう」

皆が口々に語っているところに兄者が割り込んだ。

「チッチッチッ」

人差し指を振りながら挑発的な目で見てくる。

「僕は確信していたよ。ハルトくんが最後まで錬成魔法を制御できるってね」

「何をバカなことを」

また兄者のホラ話が始まった。

「バカじゃないよぉ。

ちゃーんと根拠もあるもんねー」

「「「なっ!?」」」

「一度は神の残骸たる欠片をその身に受けているじゃないか」

「「「あっ！」」」

私だけではなく他の亜神たちも虚を衝《つ》かれたように驚かされていた。

「それに魂も体もベリル様が手を入れてるんだよ」

あれだけの魔法の反動を受け止めるだけの下地は持っていたのだ。

ただし、それでもギリギリだったと言わざるを得ないが。

それに魔法が制御できるかどうかは別問題。

急速にレベルアップしながらでなければ成し得なかっただろう。

「そして僕たちが送ったスキルの種が最後の決め手さ」

「「「ああっ！」」」

「兄者がスキルの種がいいと主張したのはこのためだったのか!?」

あれが無ければハルトはレベルアップすることもなく魔法を暴走させていたはずだ。

「アハハ、そこまでピンポイントには読めてなかったよぉ。せいぜい保険になるかなぁってぐらいに思ってただけだし」

だとしても見越してはいたはずだ。

我が兄ながら、何処までを見通しているのかが読めない。

双子だというのに悔しくなってしまう。

だが、同時に誇らしくもある。

『これでもう少し真面目なら管理神候補として推挙されてもおかしくないのだが……』

イタズラ好きなのが玉に瑕。

当面は亜神のままだろう。

気苦労が絶えないということだ。

私は深く溜め息をついた。

「もう、いいだろう。ハルトの無事は確認できたのだからな」

私がそう言うと亜神たちは我に返ったようになって解散していく。

休憩時間は終わりだ。

兄者が何か言っていたが聞く気はない。

私も皆も忙しいのだ。

あとがき

この度は『魂を半分喰われたら女神様に同情された？』をお手に取っていただき、誠にありがとうございます。

書籍版で本作を知った方は、はじめまして。

Ｗｅｂ版を御存じの方は、いつもお世話になっております。

柚月雪芳と申します。

本名っぽいですがペンネームです。

さて、早いもので小説家になろう様で連載を開始してから丸３年……

最初は表現力を鍛える修行のつもりで始めました。

書き始める前に下準備として設定を練り手書き地図を用意したのが梅の花の咲く頃。

そこからテキストファイルで書き溜め、投稿を始めたのは藤の花のピークが過ぎた頃だったでしょうか。

まさか、こんなに続いた上に書籍版が刊行されるなど当時は夢にも思いませんでした。

「石の上にも三年」とは、よく言ったものです。

ですが当初はＷｅｂ版の日刊連載を続けるつもりはありませんでした。

書き溜めを出し切れば不定期にするつもりだったのです。

最初の頃は、まだ書ける、もう無理、を行ったり来たり……

そのうち半ば習慣化して現在に至ります。

今も寝落ちしながらギリギリのラインで連載しているのですが（苦笑）。

だからこそでしょうか。

「継続は力なり」という言葉を実感しております。

まあ、色々と失敗しているので平坦な道ではありませんでしたが。

寝落ちで予定の投稿時間に間に合わなかったことは度々ありましたし。

こういう生活が続いたことで寝不足から脚が浮腫むことを生まれて初めて知りました。

あれはヤバいです。

パンパンに腫れ上がって何かの病気かと思ったくらいですから。

あと便秘にもなりやすい気がします。

いずれにせよ睡眠時間を確保すれば治ることに気付いてからはマシになりましたけどね。

最大のピンチは体調管理を失敗して正月に風邪を引いてしまったことでしょうか。

1週間ほど寝っぱなしとなりましたが、こんな酷い状態は記憶にありません。

とにかく辛くてしんどい状態が続いたため連載できる状態ではありませんでした。

そして書き溜めが1日分もないという大ピンチ。

この時はどうにか設定資料をまとめて、それを吐き出す形でお茶を濁しました。

あとは予約投稿を間違える、うっかりミスもあります。

日付が変わるギリギリで日刊を維持したことも。

逆に早く投稿してしまい読者の方に御指摘を受けたことも何度か……

この時も設定資料で繋ぎました。

書いたはずのことを忘れ、さも新規に用意したと思われる描写をしてしまったことも。

長く続けているからこそとはいえ大チョンボでした。

本当にお恥ずかしい限りです。

とはいえ、こんな私でもどうにか続けてこられました。

もちろん応援してくれる方々がいたからこそです。

感謝の念に堪えません。

そんな訳で最後になりましたが謝辞を申し上げたいと思います。

担当のF様、色々とためになるアドバイスをいただきありがとうございました。

イラストの外道様、素敵なイラストをありがとうございました。

本作が世に出るにあたり携わられた皆様、ありがとうございました。

そしてＷｅｂ版ならびに本作に最後までお付き合いいただいた読者の皆様、ありがとうございました。

これからも精進していきますので、今後ともよろしくお願いします。

あとがき

この度はご購入頂きましてありがとうございます！

なんと今回車を描く事ができました！
異世界転生したら車ないじゃん！って思ってたんですけどね
あぁこういうやり方なら登場させられるんじゃん！と
半ば強引に登場させしれっとラフに忍び込ませ描かせて頂く事が
叶いました！ヤッタネ
車と言えばニュル24H燃えましたねぇ
911号車と4号車のラスト１時間の勝負！
ホームストレートからの飛び込み第一コーナー！
せっかくなのでお祝いイラスト描こうと思います(個人的に

※ＱＲコードは掲載サイト「小説家になろう」の作品ページへリンクされています

新作のご案内

脇役艦長、参上！　～どうやら間に合ったようだな！～（著：漂月）

「人生の主役は自分」とはいうけど、自分が主役だとは思えない。そんな脇役の我々の期待を背負って、一人の脇役が船出する！　脇役をなめるな、おいしいとこ全部持っていけ！

　異世界に迷い込み、無敵の飛空艦シューティングスター号を手に入れたお人好しのサラリーマン。艦長として無敵の力を手に入れたのに、やることは誰かの人助けばかり。そんな艦長を慕う仲間は、ポンコツ人工知能と天才少女、あと渋いペンギン。

「頼れる戦友」「大逆転の救世主」「恐るべき強敵」……様々な英雄譚に現れ、名脇役として大活躍する艦長。

　英雄たちが憧れる英雄、「エンヴィランの海賊騎士」が主役になる日は来るのだろうか？

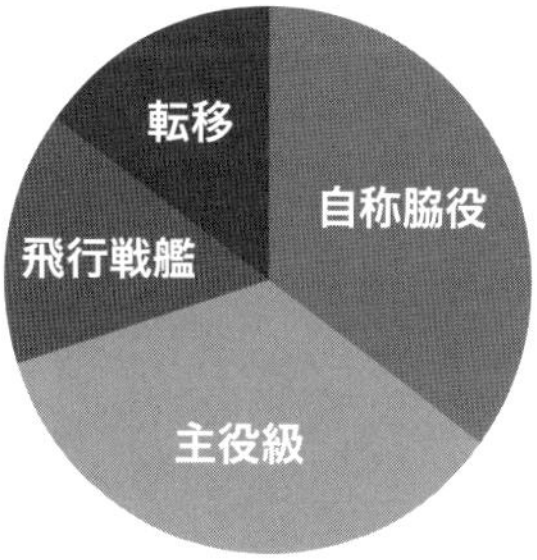

EARTH STAR NOVEL

魂を半分喰われたら女神様に同情された？

発行 ―――――― 2018年6月15日　初版第1刷発行

著者 ―――――― 柚月雪芳

イラストレーター ―――― 外道

装丁デザイン ―――― 舘山一大

発行者 ―――――― 幕内和博

編集 ―――――― 古里 学

発行所 ―――――― 株式会社 アース・スター エンターテイメント
〒107-0052　東京都港区赤坂 2-14-5
Daiwa 赤坂ビル 5F
TEL：03-5561-7630
FAX：03-5561-7632
http://www.es-novel.jp/

印刷・製本 ―――― 株式会社廣済堂

ISBN 978-4-8030-1205-7